JN202167

初めての恋をした君に 100回目の告白をおくる

蒼山皆水

角川書店

装画 .· ふすい
装丁 .· 青柳奈美

傷つけようとしたわけじゃない。
悲しませようとしたわけじゃない。
できることなら、今すぐに強く抱きしめたかった。
だけど、どうしようもないことはある。
きっとこれ以上、二人の距離は近づいてはいけなくて。

Contents

第1章　どうか、この想いが届きますように

◆

桜のつぼみが、春の陽射しを待ちわびている。

卒業式が終わり、クラスメイトとの寄せ書き交換もそこそこに、私は約束の場所へと向かっていた。

この胸の高鳴りは、早歩きのせいではない。

飛び出しそうな心臓を抑えるように両手を置いて、ゆっくりと息を吸う。

「……緊張してきたな」

私は小さく呟《つぶや》いた。

ついに今日、幼馴染《おさななじみ》の男子——穂《ほ》高《だか》未《み》樹《き》登《と》に想いを告げる。

部室棟の裏の、決して広くはないスペース。

いくつかの古びた電子機器が捨てられていて、めったに人は通らない。

8

つまり、絶好の告白スポットだ。

告白を決意してから一ヶ月とちょっと。たくさん会話をしたり、何度か二人で出かけたりする中で、かなり親密な関係になれたと思う。

卒業式。天気は晴れ。ついでに朝の星座占いも一位。これ以上ないくらいの告白日和。

二時間かけて考えた告白の台詞《せりふ》も、ちゃんと覚えてきた。

きっと大丈夫。未樹登だって、私のことを大切に思ってくれている。

そうじゃなきゃ、あんなことは言わない。

好きな人を待ちながら、昨日の出来事を思い返す。


夕方五時過ぎ。未樹登から急にメッセージが届いた。今から出てこられるか、というもので、特に用事のなかった私は、すぐに了承した。

お気に入りのパーカーを羽織って外に出ると、未樹登はすでに待っていた。

「いきなり呼び出してごめん」

「別に、大丈夫」

どこか余裕のなさそうな未樹登に、私までつられて硬い声になる。

「ちょっと、散歩しない？」

「うん。いいけど」

数分後。私たちは近所の川に沿って歩いていた。会話はほとんどない。

なんのために呼び出したのだろう。

ただ散歩するためだけとは思えない。

もしかして……告白だろうか。

あり得ない話ではない。今のところ、未樹登との仲は確実に深まっている。彼からの好意を感じるときもあるし、私も好きであることをあまり隠そうとしていない。

少なくとも、一ヶ月前の、ただの幼馴染という関係性からは抜け出せたはずだ。

私だって、明日《あした》言うつもりだったのに……なんて思ったけれど、未樹登の方から言ってくれるのであれば、それはそれで嬉《うれ》しい。

「真鈴《まりん》」

いつになく真剣な声で、未樹登は私の名前を呼ぶ。

「ん？」

彼の方を振り向いたら、心が筒抜けになってしまいそうで、私は真っ直ぐ前を見たまま答えた。心臓がうるさいくらいに動いている。

「俺らってさ、もうすぐ大学生じゃん」

あと一ヶ月もしないうちに、高校三年生の私たちは別々の道へと進む。

私は地元の大学へ、未樹登は東京の大学へと進学する。

「うん」

とりあえずうなずいておく。告白ではなかったので、少し拍子抜けもした。

「だから、学校で話したり、こうして気軽に会ったり、そういうことができなくなると思うんだけどさ。たまに、会いにいってもいい？」

目を合わせずに、いつも通りのぶっきらぼうな声で、未樹登は言った。

「……え？」

一瞬、何を言われているか理解できずに、私は固まってしまう。

だって、それはもう……実質、告白みたいなものではないか。いや、落ち着こう。付き合ってほしいなんて言われてないし、好きだとも言われてない。だけどたしかに、私を特別だと思ってくれている。それだけはわかる。

「ゴールデンウィークとか、お盆とか、たぶんこっちに帰ってくると思うんだけど、そのときに、真鈴に会えたらいいなって……思って」

嬉しかった。目的が私じゃなくて、ついでみたいな言い方だったけれど、そんなのは関係なくて。

未樹登からそういうことを言ってくれるなんて思わなかったので、泣きそうにすらなってしまう。

「うん。いいよ」

顔が赤くなっていることを悟られないように、私は目を伏せたまま答えた。

「…………」

「…………」

お互いに何も言わないまま、時間だけが過ぎていく。緊張感に少しの心地よさが混じった、言葉で形容できない、そわそわした感覚に全身を包まれる。

「あのさ、未樹登。私――」

つい、勢いで告白してしまいそうになったその瞬間、未樹登が口を開く。

「あー、ごめん！」

「え？」

「変なこと言った。今の、全部忘れて」

「何それ」

私は不満げに唇をとがらせる。

同時に、助かったと思った。勢いあまって告白するところだった。心の準備ができていない状態で告白をしても、きっとぐちゃぐちゃになってしまう。しっかりコンディションを整えてから、私の気持ちを過不足なく伝えたい。

「やっぱりさ、環境が変わるってこともあって、ちょっと不安になってんのかも」

未樹登は言う。それが不安からくるものだったとしても、弱音を吐く相手に私を選んでくれたことは嬉しかった。

さっきの会話をなかったことにはしたくなかったけれど、彼が忘れてほしいと言うのなら――。

「そう……だよね。でも、未樹登はすごいよ。私なんて、一人暮らしするって選択肢すらなかったし」

無難な会話に落ち着かせて、ホッとしている自分がいた。

◆

昨日の会話を思い出して、一人で勝手に恥ずかしくなっていると、足音が聞こえてきた。

少しは落ち着いたと思っていた胸の鼓動が、また速くなる。

ちょっと伸びてきたショートカットの毛先をねじって、深く息を吸う。

三回ほど深呼吸をしたところで、未樹登が現れた。

「あれ。早いね」

なんでもないふうを装って、私は言った。約束の時間の十分前だった。

「どうせ真鈴は早く来てるだろうと思って」

未樹登は呆《あき》れたように答える。

「で、話って?」

緊張している様子はない。

卒業式のあとに女子からの呼び出し。

そんなシチュエーションで、告白ではない何かを思い浮かべられる人がいるのであれば、ぜひ教えてほしい。

それくらい明白な状況なのに、まったく普段通りに見えるのは、相手が幼馴染である私だからかもしれない。

それか、告白に慣れすぎていて、またか……くらいに思っているという可能性もある。

いや、マイナス思考になるのはやめよう。

昨日の未樹登の言動を思い返すに、勝算は十分にあるはずだ。

「今日は、未樹登に伝えたいことがあるの」

生徒会長に立候補した友人の応援演説も、大学入試の面接も、何度もシミュレーションをして、自信をつけて乗り越えた。

今回だって、事前に言うことを決めて、何度も繰り返し復習した。文字にしてしまえば、たったの数行だ。

そのはずなのに、心臓の鼓動はうるさかった。体中の血液が沸騰しているみたいだ。

「私、ずっと……小さいときから未樹登のこと、好きだった」

好き、という言葉を聞いたはずなのに、未樹登は眉《まゆ》ひとつ動かさない。昨日、あんなに焦っていたのが嘘みたいに。

「今までは、近くにいられたら、それだけでよかったけど……離ればなれになるって実感してから、このままじゃ嫌だって思った」

当たり前のように近くにいられた今までと違って、遠く離れる私たちに接点はなくなってしまう。

「卒業して、離れても、未樹登の一番近くにいたい。未樹登と、特別な関係になりたい」

強く握りしめた手が、小さく震えていた。

「好きです。私と……付き合ってください」

そう言って頭を下げる。

自分の声が遠くなるくらいに、現実感がない。

返事を聞くのが怖い。今すぐに背を向けて逃げ出してしまいたかった。

ギュッと目をつむって、私は祈る。

どうか、この想いが届きますように。

「ありがとう。すごく嬉しい」

未樹登の第一声は、とても前向きなもので。

しかし、私が顔を上げると——困ったような表情の未樹登がいた。

「だけど、ごめん」

何を言われたかわからなかった。

だって『嬉しい』って……未樹登はそう言ったのだ。

私の「好き」が嬉しいのなら、少なくとも嫌われているわけではないはずで。

だったら、恋人になってくれてもいいじゃないか。

それなのに——。

「真鈴とは、友達のままでいたい」

私の鼓膜を震わせたのは、とても残酷な台詞だった。

「そっか。そう……だよね」

なるべく表情に悲しみがにじまないように、私は明るい声を心掛ける。出せているかは別にして。

「うん。わかった。困らせるようなこと言って、ごめんね」

なぜか私よりもつらそうな顔をしている未樹登の横を通り抜けて、後ろを振り返ることなく、早足でその場から遠ざかる。

電車に揺られながら、告白が失敗したという事実を、私はゆっくりと受け入れていった。

そっか。私、振られたんだ……。

好きになってもらうために、かなり努力はしたと思う。積極的に話しかけたし、二人で出かけたりもした。慣れないお洒落《しゃれ》やメイクだって頑張ってみた。これでダメだったら仕方がないと思うくらいには。

だけど、やっぱり悲しかった。もう少しやれることがあったんじゃないかと思った。

振られた今でも、好きな気持ちは消せそうにないし、できることならせめて友達として仲良くしたい。未樹登もそう言っていた。

でも……果たして元の関係に戻れるだろうか。

気まずくて、何も話せなくなってしまう可能性だってある。

今までみたいに、頻繁に顔を合わせるわけではない。大学生になって、そのまま疎遠になる未来が、簡単に想像できた。

久しぶりに、取り返しのつかない失敗をしてしまったかもしれない。

どんどん不安になってきて、心が押しつぶされたみたいに苦しかった。

すぐには家に帰る気になれない。

どこかで時間を潰《つぶ》してから帰ることにする。

ファストフード店で、カロリーを気にせずに食べたいものを食べようか。カラオケで思い切り歌うのもいいかもしれない。

失恋したという事実を頭の中から追い出すように、必死で別のことを考える。

最寄り駅の改札を出たタイミングで、ふと閃《ひらめ》いた。

「あ、そうだ」

思いついたのは、近所の神社だった。

駅から家までの道とは少し外れてしまうけれど、歩いて数分程度の寄り道だ。

幼少期から、何度も訪れたことがあった。それこそ、未樹登と一緒に行ったことだって何度もある。

お参りというよりは、人の多い場所が苦手な未樹登と過ごすときに、都合の良い遊び場のような形で利用していただけだが。

無意識に思い出の場所を選んでしまったことが、未樹登への未練を表しているみたいで、そんな自分に嫌気がさす。

神社としての規模は小さく、初詣《はつもうで》の時期を除けば、ほとんど人はいない。

狐の石像が祀《まつ》られている鳥居をくぐって、神社の中へ。

石段に座り、バッグをギュッと抱きしめると、我慢していた涙がこぼれてきた。

洟《はな》をすする音だけが、誰もいない神社に響く。

私の長かった初恋は、成就することなく終わってしまった。

◆

未樹登への恋心を自覚したのはいつだっただろう。おそらく、中学生のときくらいだ。
あれはたしか——休み時間の教室だったような気がする。
五、六人くらいで集まって話をしていた。芸能人だとこの人がタイプだとか、同じ学年では誰と誰が付き合っているとか、そういう話だった。
盛り上がってきて、気になっている人はいるかという話題になったとき、その中の一人が、未樹登の名前を挙げたのだ。

黄色い声が上がり、場はいっそう盛り上がる。

「そういえば、真鈴って穂高くんの幼馴染だったよね。家が近いんだっけ」

と、同じ小学校に通っていた友達が言った。その頃にはすでに、未樹登と話す頻度は減っていたので、そのことはあまり知られていなかった。

「うん。未樹登とは、幼稚園からずっと一緒」

そのときは何も考えていなかったけれど、わざわざ『未樹登』というふうに彼の名前を口にしたのは、私なりの小さなけん制だったのかもしれない。今になってそう思う。

「いいなぁ～。昔からイケメンだったの？」

たしかに、未樹登は容姿が整っている方だとは思う。

「さぁ。正直、今もイケメンかどうかわからないけど」

「えー？　イケメンだよ。芸能人って言われても信じちゃうくらい！」

「たぶん、未樹登とはずっと一緒にいたから、私の感覚がおかしくなっちゃってるのかも」

自分の口から出たその言葉に、何か黒いものが含まれているような気がして。

私という存在が、とても醜く、汚いものになってしまったんじゃないかという恐怖を感じた。

未樹登が、誰のものにもなってほしくないのだと、このときの私ははっきり自覚した。

私が恋心を自覚したタイミングで、未樹登が告白されたという噂をよく聞くようになった。

私が把握し始めたのがその時期だっただけなので、もっと前からモテていたのだろう。

彼に好意を寄せていたのは、たいてい、クラスの中心グループにいる、可愛い女の子だった。

しかし未樹登には彼女を作る気がないみたいで、男友達と遊んでいることが多く、告白をすべて断っていることも知っていたので、焦りのようなものはあまり感じなかった。

今でこそ、ミステリアスな男子というイメージを持たれているが、昔の未樹登はもっと素直な男の子だった。

嬉しいときは笑っていたし、悲しいときは泣いていた。それなのに、いつの間にか感情を表に出すことがなくなっていた。

それが、ただ人として成長しただけなのか、何かきっかけがあって変わったのかはわからない。

男女の幼馴染の多くがそうなるように、頻繁に話すことも、一緒に遊ぶこともなくなってしまったけれど。

未樹登とたくさんの時間を過ごしてきた。他の人が知らない未樹登の姿を、自分だけが知っている。それで十分だった。

そんな進展のない恋を引きずったまま、数年が経ち、私は高校三年生になっていた。

それでも、未樹登を好きだという気持ちが変わることはなかった。

未樹登に告白しようと思ったのは、約一ヶ月半前、一月の終わりごろの出来事がきっかけだった。

朝、登校するために家を出ると、彼が家の前に立っていた。

「よ」

彼は無表情で片手を上げる。

「お、おはよ」

あくびが出そうになるのをこらえて、私はなんとか返事をした。

未樹登の家から私の家まで、歩いて一分もかからない。偶然、家を出る時間が一緒になることはあるけれど、こうして待っていたのは、少なくとも高校生になってからは初めてだ。

「大学決まったらしいじゃん。おめでとう」

私は驚いて、目を瞬かせる。

未樹登の言う通り、私は前日に大学からの合格通知を受け取っていた。名前の知られた、難易度の高い大学というわけではなく、成績的にも順当な合格だったので、嬉しかったというよりも、解放されたという気持ちの方が大きかったのだが。

私が驚いたのは、未樹登がそれを知っていたからではない。母親同士の仲が良いので、そこから伝わったのだろう。

「それ言うために待ってたの？」

一月の朝の気温は低い。寒い中、未樹登がわざわざ直接お祝いの言葉をかけてくれたのが意外で、そんなことを聞いてしまった。

「まあ、一応」

彼の表情に、他の人にはわからないかもしれないくらい小さな変化があった。ちょっと照れているみたいだ。

「そっか。ありがと」

私もなんだか照れくさくなってきて、素っ気ない返事をしてしまう。

「来年からは初めて離ればなれになるんだな」

事実を述べただけの未樹登の言葉に、どうしてか、心が揺さぶられた。

私は実家暮らしのままだけど、未樹登は一人暮らしを始める予定だ。

だから今みたいに、家の前で会うことはない。学校ですれ違うことも、近所で偶然見かけることもない。

そんな未来を想像して、誰もいない世界に、私一人が取り残されたような心細さに襲われる。

大げさかもしれないけど、涙さえ出そうになった。

幼馴染という関係性が取り上げられてしまえば、私たちはただの同級生になって。

当たり前だったものが、当たり前ではなくなってしまう。

その事実に、私は動揺していた。

「真鈴、どうかした？」

「ううん。なんでもない」

「じゃ、先行くから」

未樹登はマフラーに顔をうずめながら言うと、早足で歩いていってしまった。

せっかくなら一緒に行こうよ、なんて言葉をかけそうになり、慌てて飲み込んだ。

そんなことをしたら、学校で噂になってしまう。未樹登は迷惑だと思うかもしれない。

自分の気持ちよりも、周りからどう見えるかを優先してしまい、それがなんだか情けなくなる。だけど、未樹登に嫌な顔をされるよりはましだ。

「でも、そっか。来年からは……」

私は小さく呟いて、駅へと歩き出す。

来年からは一緒にいられない。

電車で二時間ちょっとの距離だ。決して会いに行けない場所ではない。

だけど、私たちが今まで気軽に話せていたのは、幼馴染だったからで、物理的な距離が近かったからだ。もっと単純な言葉を使うのであれば、たまたまそばにいたから。

だから今のままでは、約一ヶ月後に卒業を迎えて、物理的な距離が遠くなる私たちに、話す理由はなくなってしまう。

失ってから、その大切さに初めて気づく。

そんなありふれた言葉が浮かんだ。

まだ失ったわけではないけれど、このままだと確実に、私と未樹登の間には、何もなくなってしまう。

だからこのとき、私は決意したのだ。

未樹登と特別な関係になるために、気持ちを伝えてみようと。

今日までの約一ヶ月間、髪型を変えて、ショッピングに誘って、バレンタインデーにはチョコを買ったのに渡す勇気が出せなくて、それから、ゲームセンターで遊んだり、ちょっとお洒落なカフェに行ったりもした。

開いていた未樹登との距離は、昔のようにとまではいかなくとも、かなり近づいたのではないかと思う。

結局、告白は失敗したのだけれど。

「はぁ……」

なんとか涙は落ち着いたけど、失恋した実感が押し寄せてきて、かえって悲しみが増したような気がする。

バッグのサイドポケットからグミの袋を取り出す。これも未樹登からもらったものだった。

食べ終えたくなくて、少しずつ食べていたグミは、最後のふた粒になっていた。

そのうちの片方を口の中へ運ぶ。

グレープに涙の味が混ざって、甘いのかしょっぱいのか、よくわからない味になった。

グミを噛《か》んでいると、徐々に悲しみが苛立《いらだ》ちに変わってきた。

告白を断るなら、どうしてあんなに優しくしたんだ。

ごめんなんて言うなら、どうしてあんなに苦しそうな顔をするんだ。

私の好意だって、ちゃんと感じてくれていたはずだ。

それなのに、どうして……。

「っ……うぇっ……」

やっぱり悲しくなって、また泣きそうになって、目頭を押さえる。

どうしようもなく情緒不安定だ。

大きく息を吸って、呼吸を落ち着ける。

立ち上がり、グミの最後のひと粒を、遠くへ投げ捨てようかと衝動的に振りかぶって——腕を元に戻す。

と、足元に何かがコツンと当たった。

「え、何？」

驚いて足元を見ると、一匹の狐がいた。

「わ、かわいい！」

ほんの一瞬、悲しみを忘れてしゃがみこむと、狐は私の右手にすり寄ってくる。野生の狐なんて初めて見るけれど、思ったより毛並みが良い。

「これがほしいの？」

右手を開いてグミを見せると、狐は私と一度目を合わせてから、グミを食べた。

満足そうに「キューン」と鳴くと、前足で私のひざのあたりを軽く叩《たた》いてきた。

まるで慰めるようなしぐさだった。

大丈夫？　と言われているような気さえしてくる。

「ふふ。ありがとね。……あ～あ。告白にやり直しがあればいいのになぁ」

狐をなでながら、思わず口走ってしまった。

もしやり直せるのなら、今までよりお洒落に気を遣ったり、未樹登が楽しめるようなところに遊びに行ったりして、もっと未樹登の理想に近づけるのになぁ。

まあ、告白にやり直しなんて、あるわけがないんだけどね。

「あるぞ」

どこからか、声が聞こえてきた。声質は幼い男の子のもののように聞こえるが、口調には老人っぽさがある。アンバランスな声だった。

後ろを振り向くが、誰もいない。

「告白をやり直す方法があると言っているのだ」

そんなわけないとは思いつつ、狐に視線を移す。

明らかに、狐は私の目を真っ直ぐに見ていた。

だけどやっぱり、狐が喋《しゃべ》るはずがない。そんな常識が邪魔をして、目の前で起きていることが受け入れられなかった。

「聞いているのか？　塚本《つかもと》真鈴どの」

今度ははっきりと、この狐が私に喋りかけているのだとわかった。

「……き、聞こえてはいます」

そう返事をするので精いっぱいだった。

◆

「さて。状況は飲み込めたか？」

犬がおすわりをするときのようなポーズで、狐は言った。

動物に日本語で話しかけられているという状況を、たった数秒で飲み込めるわけがない。

ほっぺたをつねってみるが、たしかに痛みを感じる。どうやら夢ではないらしい。

「えっと、あなたは……？」

「我の名は小影《こかげ》。この神社で祀られている神、みたいなものだ」

「神様……ですか」

神様って本当に存在するんだ……とか、でもたしかに、普通の狐は喋らないしな……とか、正座した方がいいかな……とか、色々なことを考えつつ、自称神様の声に耳を傾ける。

「先ほど、真鈴どのは、告白にやり直しがあればいいと言ったな」

「言いました。それより、どうして私の名前を？」

「この神社の神だと言っただろう。昔からよく来てくれている人間の子は、ある程度覚えておる」

「そうなんですね」

本当か嘘かも区別がつかず、とりあえず目の前の神様の言っていることをいったん受け入れるしかない。

「信じておらぬな」

少しムッとした声音で、神様が私を睨《にら》むように見る。まったく迫力はなくて、むしろかわいいくらいだ。

「まあ、そうですね。正直、信じられないです」

私は素直に答える。

「なら、証拠を見せてやろう。この神社の起源はだな――」

狐の姿をした自称神様は、神社の歴史について語り始めた。どんな人が神社を建てて、どんなふうに変わってきたのかを、事細かに話していく。

「どうだ。ずっとこの場所で祀られていた我だからこそ、知っていることだ」

小影は息を切らしながら、得意げな顔を向けてくるけれど……。

「す、すごいですね。でも、それが本当かどうか、私はわからないから、あなたが神様っていう証拠にならないいんじゃ……」

「…………」

「…………」

お互い無言で見つめ合う。

「ふむ。それもそうか」

もしかすると、この神様はちょっとポンコツなのかもしれない。

オホン、と人間が咳払《せきばら》いをするような音を発してから、小影は再び喋り始める。

「では、真鈴どのしか知らないはずの話をするとしよう」

「私しか、知らないこと？」

「真鈴どのは、穂高未樹登という男に、ずっと前から想いを寄せておるな」

「っ……！」

たしかに、この話は親友の葵衣《あおい》にしかしていない。彼女が誰かに漏らしたとも考えにくい。

「そして先ほど、五十七回目の告白が失敗に終わった」

「えっ⁉　五十七回目？　さっきのが初めての告白です！」

やっぱり、この狐は適当なことを言っているのではないかと思ったが……。

「いや。よく思い出すのだ。今日までの間に何度も、真鈴どのは未樹登どのに想いを伝えておる。……どうやら、四歳のときが初めてだな。まあ、小学三年生のときの告白が最後だから、覚えていないのも無理はないが」

よく考えてみれば、幼く無邪気だった私は「私、みきとくんが好き！」とか「大きくなったらみきとくんのお嫁さんになるー」とか言っていた気もする。他人から見れば微笑ましいエピソードかもしれないが、当の本人としてはとても恥ずかしい。

「そういうのは普通カウントしないの！」

しかもめっちゃ細かく数えてるし……。五十六回もしてたってこと？

「それが告白かどうかは、我の独断と偏見で決めさせてもらった。もし、微妙なものも含めるのであれば、その数は――」

「わかった！　信じます！　信じるんで、もうその話は……」

いたたまれなくなって、小影の台詞を遮る。

「まあよい。すべてを信じてもらえるとは最初から思っておらぬ」

「はぁ。それで、さっき言っていた、告白をやり直す方法って……？」

「うむ。繰り返しになるが、我は神だ。時を戻すことができる。真鈴どのだけが、今の記憶を持ったままで、な」

「私だけが過去に戻れる……ってことですか？」

それが本当だとしたら、ものすごいことだ。

「そうだ。タイムマシンで過去に戻ることができると考えてもらえばよい」

「なるほど」

この神様の言うとおりであれば、たしかに告白をやり直せる。

「ただし、条件がある。戻せるのはひと月分、つまり三十日間。回数は……そうだな、五……いや、六回までならなんとかなりそうだ」

「六回も……？」

一回きりを想定していたので、私は驚いてしまう。

「うむ」

「だけど――」

「寿命が縮むなどの代償はない。安心しろ」

狐の神さまは、私が考えていたことを見透かすように言った。

「そうなんですね」

私はしばらく考え込む。

人間が同じことを話していたら、怪しく思うどころか、それを通り越して心配になるだろうけれど、今、私の目の前で話しているのはかわいらしい狐だ。狐が人の言葉を操っている時点で現実感なんてないし、もしかすると……なんて思ってしまいそうになる。

しかし――。

「どうするか決めたか？」

小影の問いに、私はまだ答えられなかった。

「決めるも何も、そもそもそんなの、信じられるわけ……」

「信じられないならそれでいいが……真鈴どのはこのままでよいのか？」

このままというのは、未樹登に振られたままという意味だろう。

それはたしかに、いいわけない……けど。

ううん。このまま、だけど、とか、でも、を繰り返していても、何も解決しない。

慎重に考えるのも大事だけど、決断力だって大切だ。

「わかりました。やってみます！」

あまり考えずに結論を出すなんて、いつもの私らしくない。

でも、それくらい必死だった。

わかっている。普通に考えれば、時間が戻るなんてあり得ない。

まったくと言っていいほど、私はこの自称神様のことを信じていなかった。

信じた結果、やっぱり戻れませんでした、となった場合、不必要に落ち込まないための保険という意味合いもある。

でも、この失恋をなかったことにできる可能性が一ミリでもあるのなら、縋《すが》ってみようと思った。

「準備はいいか？ いくぞ」

「はい」

私がうなずくと、目の前が真っ黒に染まって――。

幕間

――*maku-ai*――


未樹登と恋人同士になってからの初めてのデートは、隣町の猫カフェだった。前から行きたいと思っていた場所だ。

家を出る前から、すでにドキドキしていた。

だって、正真正銘のデートなのだ。失敗しないように、万全の準備をしなければ……。

「わ。かわいいね」

店内では、たくさんの猫が自由気ままに動き回ったり、昼寝をしたり、じゃれ合ったりしている。

「人懐っこいな」

未樹登の周りに猫が数匹集まってきた。微妙に頰が緩んでいる。

猫をなでる彼の様子を眺めていると。

「何見てるの？」

突然こちらを振り向いた。黒目がちの瞳《ひとみ》が、私を捉《とら》える。

「べ、別に見てないし」

真っ直ぐな視線に射貫《いぬ》かれて、心臓がドクンと高鳴る。

私は一周目のことを思い出す。

あのときも、未樹登の一挙一動にドキドキしていたっけ。

リセットをして、未樹登との距離は縮まった。

でも、恋人という関係になってからは、またスタート地点に戻ってしまったような気がする。

近くに寄ってきた猫をなでようとして、手を伸ばすと――。

「あ」

未樹登も同じように猫をなでようとしていたらしく、手と手が触れる。

一瞬、時間が止まったような感覚が訪れて。

にゅっ、と猫がすり寄ってくる。こちらを見て「なーん」と鳴いた。

「な、なでてほしいのかな」

「うん。そんな感じする」

指先で軽くなでると、猫は気持ちよさそうに目を細めた。

「ふふ。かわいい」

おかげで、緊張がちょっと緩和された。猫パワー、恐るべし。

とはいっても、まだいつもみたいに目を合わせられなくて。

「お水、いる?」

「あ、うん。ってか、俺持ってくるよ」

ぎこちない会話が、私と未樹登の間を往復する。

緊張のせいで、楽しめたかどうかすら記憶が曖昧《あいまい》な帰り道。

トン、と手の甲同士が触れた。さっきみたいに、すり寄ってくる猫もいない。

このままつないでしまおうか。そう思ったけれど、未樹登は手を引っ込めてしまう。

手をつなぎたいと、素直に言葉にできたらよかったのに。

もし、拒まれてしまったら。

告白が失敗したときのことを思い出して、怖くなってしまった。

せっかく恋人になれたのに……。

未樹登はそんな心の狭い人間じゃない。それはわかっているけれど、私の体も、口も、上手《うま》く動いてくれなかった。

「じゃあ、また明日《あした》」

「うん。また明日」

家の前で、小さく手を振って未樹登と別れた。

ベッドに仰《あお》向《む》けになりながら、未樹登とつなげなかった手のひらを見つめる。

付き合う前の方が、まだ正直に気持ちを伝えられていたような気がする。

それなのに――今は本当に言いたいことが、どうしても言葉にできない。

告白するまでは、あんなに積極的になれていたのに、どうしてこんなに不安になっているんだろう。

第2章　まるで呪いのように

◆

「本日はどうなさいますか？」

気づくと、私は美容院にいた。

「あ、えっと……」

鏡に映った、肩まで伸びた自分の髪に、懐かしささえ覚える。

夢から覚めた直後のような感覚に戸惑いつつ、さっきまでの出来事を思い出す。

未樹登に告白をして、断られて、神社に行って泣いていたら、狐の神様に話しかけられて、告白をやり直すことができると言われて――。

果たして、あの狐はなんだったのだろうか。

普通に会話が成り立っていたけれど、狐が喋《しゃべ》るなんて、どう考えてもおかしい。

夢だったのかもしれない。

じゃあ、どこからが夢だったのだろう。

でも、夢だったとしたら、髪が長いままなのは説明がつかないし、髪を切ってもらう直前というこのタイミングで寝ていたとも思えない。

ということはやっぱり、あの狐の神様——たしか、小影って言ってたっけ——は本当に私の時間を巻き戻してくれていて、未樹登に再び告白するチャンスをもらえるってことに……。

「お客様？」

美容師のお姉さんの声で、ハッと我に返る。

——たしか、スマホのスクショフォルダに……。

「す、すみません。この髪型でお願いします！」

私は慌ててスマホを取り出し、お姉さんに画像を見せた。

スマホの画面では、とあるインフルエンサーが、こちらに向かって可愛らしく笑いかけていた。丸みのあるショートカット。ふんわりしたシルエットは、大人っぽくもあり、可愛くもある。

「かしこまりました」というお姉さんの声を聞きながら、私は一ヶ月前の記憶を掘り起こす。

告白成功の可能性を少しでも上げようと考え、お洒落《しゃれ》な髪型を調べていたところ、たくさん候補が出てきてしまった。

短くしてしまうと、再び伸ばすのは時間がかかる。だけど、ショートは男子人気も高いと複数のネット記事に書いてあった。実際、十代から二十代の男性を対象とした複数のアンケート調査でも、ショートは常に上位に入っている。

もちろん、モデルさんが可愛いからショートも似合うわけで、真似さえすれば可愛くなれるなんて思っていない。

自分に似合うかどうかの確認もちゃんとした。

スマホのアプリに、自分の写真を撮って、髪型だけを変えた画像を作れる便利なものがある。試してみたところ、思ったよりも悪くはなかった。少なくとも、適当にひとつ結びにしている今よりはマシだろうと思った。

迷いに迷い、ショートにすると決めたのは美容院に行く前日——つまり昨日のはずだ。ちょっと眠い気がするのは、そのせいかもしれない。

だんだんと、記憶がよみがえってきた。

「前髪は……どうしましょうか。この通りに切ってしまうと、結構短めになってしまうと思うのですが……」

お姉さんの発言も、一言一句をきちんと覚えているわけではないけれど、たしかに記憶と一致していた。

『ど、どっちが可愛いですかね』『どっちも可愛いと思いますよ。いったん前髪はちょっと長めで調整してみましょうか?』『それでお願いします!』

そんな会話を交わしたような気がする。

「じゃあ、ちょっと長めで調整してもらえますか?」

戸惑いを解消できないまま、私はお姉さんの質問に答えていく。

あの一ヶ月間は、なんだったのだろう……。それとも本当に、時間が戻っているのだろうか。

自分の身に起きたことを受け止めきれないまま、カットは終了した。

「こんな感じでどうですか？」

さっぱりしたショートカット。

鏡に映る私の姿は、この一ヶ月間で見慣れたものになった。

「は、はい！　大丈夫です！」

お会計を終えると、お姉さんが私に微笑みかける。

「今日はありがとうございました。よかったら、また来てください」

美容師。樋口恵実《ひぐちえみ》。

彼女に渡されたシンプルなデザインの名刺が、一ヶ月前に見たものと重なった。

それだけだったら、デジャヴというやつだろうか……くらいにしか思わないのだけど、今の私はそう簡単に納得することはできなかった。

美容院の外に出てから、スマホで日付を確認する。

たしかに、未樹登に告白した日——私が認識していたはずの日付の、ちょうど三十日前だった。

それなのに、未樹登とショッピングモールに行ったことも、ゲームセンターで遊んだことも、カフェで話したことも記憶にある。

もちろん、川沿いを散歩したことも、告白を断られたことも。

それらが夢なのだとすると、私は三十日分のはっきりとした夢を見ていたことになる。しかも、美容院で髪を切る直前に。

そんなことはあり得ない。

だけど、時間が戻っているというのも、それ以上にあり得ない。

いったい、私の身に何が起きているのだろうか。

それを確かめるため、私は再び神社を訪れた。

「あれ？」

私は鳥居の前で足を止める。

鳥居の左右には、狐の石像が祀《まつ》られているはずなのだが、左側にあった方が消えている。もしかして、この石像が、あの小影とかいう神様なのだろうか。

どうやらその予想は当たっていたようで、小影は石でできた階段の前に座っていた。

「待っていたぞ」

どうやら、私が来ることは想定済みだったらしい。

「小影……さん？」

「小影でよい。敬語も必要ない。堅苦しいのは好かん」

「はぁ」

「何が起きているかわからぬという顔をしておるな」

まったくその通りだ。

「だって、時間が戻って――」

「そう言っただろう。告白をやり直すことができると」

小影が呆《あき》れたような口調で言う。

たしかに言われたけど……。

「まあ、驚くのも無理はないか。人間にとっては、時の流れの向きは決まっておるからな」

「時の流れって……」

なんだか、すごく壮大なことを言っている。

「さて。未樹登どのに告白するのであれば、前回と同じように過ごしていては、また失敗してしまうぞ。どうすれば上手《うま》くいくかは、神である我にもわからぬがな」

小影の言う通りだ。何かを変えないと、きっとまた同じように振られてしまう。

「でも……いいのかな」

「何を迷っておるのだ」

「なんか、ズルい気がして……」

時間を戻して告白をやり直すなんて、なんだか、カンニングに手を染めているような罪悪感がある。カンニングをしたことはないけど……。

「気にしなくてよい。ただの『オンガエシ』だ」

「え？」

小影の言葉の意味がわからなかった。

「人間は、誰かに何かをしてもらったときに、その人に『オンガエシ』をするだろう」

「小影が、私に恩返しをしてくれてるってこと？　でも……私、小影に何もしてないよ？」

「真鈴どのにはグミをもらった。それで十分だ」

未樹登からもらったグミを遠くに投げようとしていたことを思い出して、少し恥ずかしくなる。

「そっか。あれ、でも……」

「どうかしたか？」

「時間を戻したから、小影はグミを食べてないことにならない？」

「………それは、一理あるな」

やっぱり、ちょっとポンコツなのかもしれない。

「いや、食べた記憶はあるから、問題ない。真鈴どのの気が済まないのであれば、またあのグミをもらえれば、それでよい」

神様である小影からしてみれば、人間一人の時間を戻すことくらい、なんてことはないのだろう。

だけどやっぱり、割り切れなさを感じてしまう。現実離れした事態に、気後れしているだけなのかもしれない。

でも——。

私はまだ、未樹登が好きだった。

振られてしまったけれど、それできっぱり諦《あきら》められるわけではない。

失敗がなかったことになる。それどころか、再びチャンスをもらえる。

きっと、いくら悩んだところで、未樹登への恋心がある限り、私は時間を戻すことを選んでしまうのだろう。

この神様の力を借りて、今度こそ、未樹登への告白を成功させよう。未樹登に好きになってもらえるように、前回以上に努力しよう。

「私、頑張ってみる」

決意を胸に、私は宣言した。

「うむ」

小影が満足そうにうなずいた。

◆

「真鈴、ショートにしたんだ！　めっちゃ似合ってる～！」

翌日の学校で、親友の葵衣から髪型を褒められた。ここでも記憶通りだ。正夢でも見ていた気分になる。

葵衣とは一年生のときからの付き合いで、二年のときにはクラスが離れてしまったけれど、三年ではまた同じクラスになれた。明るくて友達思いの、素敵な女の子だ。

今の目標は、良い大学に入って、将来安泰な男性を見つけて結婚すること。そのために勉強を頑張っている。

そして、恋の話が大好物。

「もしかして、好きな人でもできた?」

そうだ。未樹登のことが好きだとバレるのもこの日だった。

一周目の私は、突然のことに頭が真っ白になって、何も言葉が出てこなかった。そんな私に葵衣は『え、そうなの⁉ なんかごめん! で、誰?』と、ごめんなんて謝っているくせに、ずけずけと聞いてくる。

『あ、えっと……』

いくら親友でも、好きな人を教えるのは……と、躊躇《ためら》っていると。『穂高?』と、葵衣はいとも簡単に、私の想い人を言い当てたのだった。

『全部当てるじゃん!』

『やっぱりー! 前から怪しいなーとは思ってたんだよね。でも、高校三年間で特に何もなかったから、ただの幼馴染《おさななじみ》なのかな~って』

『ちょっと葵衣! 声が大きいって!』

そんなふうにして、私の恋心は葵衣に知られた。

一周目で何度か進捗《しんちょく》を報告させられたりもしていたので、今回は問題なく受け応《こた》えができそうだ。

「あ……えっと、実は――」

　実樹登のことが好きだと打ち明ける。一度経験しているからか、あまり詰まらずに話すことができた。

「へぇ～。いいじゃんいいじゃん！」

　この前は質問攻めに遭っていたけれど、今回は私が先回りして説明をしたせいか、葵衣の反応は少しだけ違っていた。テンションが高いのは一緒だけど。

「へぇ～。でも、そっかー。そうなんだぁ」

　嬉《うれ》しそうに頬を緩める葵衣。

「応援するから、なんでも相談して！」

　これ以上なく心強い言葉は、一周目と同じだ。

「いいの？」

　葵衣は三月まで受験があるはずだ。勉強で忙しいはずなのに、大丈夫なのだろうか。

「もちろん！　勉強の息抜きにもなるし」

　付き合いの長い私には、遠慮しなくていいよ、という意図なのが伝わる。

「ってか、真鈴と穂高って、前からなんかいい感じだったし、きっと両想いなんじゃないかな」

「そうかな」

「そうだよ」

葵衣はそう言ってくれるが、この時期までの私と未樹登の距離感は、たまに話す友達程度のものだったはずだ。少なくとも自分では、いい感じとは思えない。

どういうところを見て、そう思ったのだろうか。

しかも、すでに一度失敗しているのだ。振られたときのことを思い出して気持ちが少し沈む。

「いいなぁ。私も大学生になったら、恋愛頑張ろ～！」

葵衣は、二年半前のある出来事のせいで、高校では恋愛をしないと決めている。そもそも受験生なので、今はそんな時間もないはずだ。

「ハッピーな報告が聞けるの、楽しみにしてるね！」

「うん。ありがと」

私の告白が成功する前提で話を進める葵衣に、胸がズキ、と痛んだ。

純粋な気持ちで応援してくれているのだとわかっているのに、どうしても素直に受け取ることができないでいる。

『真鈴とは、友達のままでいたい』

未樹登の台詞《せりふ》と、それを発したときの切ない表情が、まだ頭の中に焼き付いていた。

◆

放課後、未樹登のいる教室へと向かう。

　一周目のときとは違う緊張感が心に渦巻いていた。

　今の未樹登は、一ヶ月かけて距離を縮める前の、ただの幼馴染の男子だ。接し方に気をつけなければならない。

　未樹登は教室の端の席で、難しそうな本を開いていた。彼はこの一ヶ月間、進学予定の大学から出された課題に取り組んでいる。他に生徒は残っていない。

「はい。差し入れ」

　校内の自販機で買ってきた紙パックのアイスティーを机に置くと、未樹登は私の方を見上げた。

「ん？　ああ、ありがと」

　髪型についてはリアクションなし。わかっていたけれど、ちょっと寂《さみ》しい。たぶん変化には気づいているのだろう。思い返してみても、未樹登から外見について何かを言われたことは、ほとんどなかったはずだ。

「で、なんで俺がこれ好きってこと知ってんの？」

　ひと口飲んでからそんなことを言う。

「だって幼馴染だもん。文句言うなら返して」

「だめ。いる」

　未樹登がアイスティーを自分の方に引き寄せる。そのしぐさがなんだか可愛くて、思わず口角が上がってしまう。

それに、自分があげたものを、たとえちゃんとしたプレゼントじゃなくても、大切にしてもらえるのは嬉しい。

ストローを上がっていく液体をぼうっと眺める。

彼にとっては、なんでもない日常なのかもしれない。

だけど、私にとっては、告白をして振られた翌日なわけで。

胸がぎゅうっと苦しくなる。

「真鈴、どうかした?」

未樹登が心配そうに見てくる。

「え?」

「なんか、元気ない?」

「そんなことないよ」

髪型には何も言わないくせに、どうしてこういうところは……。というか、何か話さなくちゃ。えっと……一周目はどんな話をしたんだっけ。私は記憶を漁《あさ》る。

「あ、そうだ。未樹登、エコフレ好きだったよね。新曲ってもう聴いた?」

エコフレ——ECHO PHRASEというのは、未樹登が大好きな四人組バンド。ちょっとマイナーだけど、実力派とか技巧派とか言われている。

「まだ聴けてない。ってか、よく覚えてるな」

「私もよく聴くし。それに、最近はまあまあ有名になってきてるじゃん」

よく聴くようになったのは、一周目で未樹登がその話題を出してきてからだ。

他にも、一周目で未樹登と話した話題を、今度は私から出していく。馴れ馴れしくなりすぎない程度に。

「で、未樹登は今何してんの？　大学の課題？」

彼の前の席。誰のかもわからない椅子を借りて、私は尋ねる。

「そう」

素っ気ない返事をして、未樹登は再び課題と向き合う。

未樹登は推薦で、私よりも早く大学に合格していた。大学名と学部名までは覚えているが、学科名は曖昧《あいまい》だ。データとか情報とか、そんな感じの名前だったと記憶している。理系科目が苦手な私は素直に尊敬していた。

「どんな感じ？」

推薦で入学が決まった学生に対して、大学側は課題を出す傾向がある。

早めに進路が決まったからといって遊びに現《うつつ》を抜かすな、大学は学ぶ場所だ、といったメッセージだろう。

「普通にムズいけど、ギリギリなんとかなってる。そっちはないんだっけ」

私は一般受験だからかもしれないけれど、課題は出されていない。

「ありがたいことにね。でも、入学したあとが心配で勉強はしてるよ。ちゃんとついていけるかな……」

「案外どうにでもなるらしいけどね」

「そうなのかな」

一周目のときも、こんな感じの会話をした。

「心配しすぎだって」

「うん。勉強もそうだけど、大学生活が全体的に不安っていうのもあって……。友達ができるかとか、アルバイトを始めたとして、ちゃんと働けるかとか、色々」

「真鈴なら大丈夫でしょ」

「なんでよ」

「んー、なんとなく」

「根拠ないじゃん」

と、ツッコミを入れたけれど、未樹登から言われると、なぜか安心してしまう。

「それで、何か用だった？」

未樹登は課題を片付けつつ、私に尋ねる。ぶっきらぼうな口調は、冷たいようにも聞こえるが、これが未樹登の平常運転だ。

額の真ん中で左右に分けられた髪の下で、黒目がちの瞳《ひとみ》が私を見ていた。二重のまぶたは綺《き》麗《れい》な曲線を描いていて、優しげな印象を受ける。真っ直ぐ通った鼻筋と、ほくろのある口元。

幼少期から知っているからか、今さら見とれることはないけれど、たしかにイケメンではある。

「わざわざ差し入れなんて、何か企《たくら》んでんのかなって思って」

中学以降、たまたま会って話すことはあっても、能動的に会いに来ることなんてほとんどなかった。疑問に思うのもうなずける。

一ヶ月後に告白をする予定だから、距離を縮めたくて……なんて言えるわけもない。

「ちょっと、提案があって……」

「提案？」

私は緊張を表に出さないようにしながら、

「うん。今度さ、一緒に服買いに行かない？」

と、一周目と同様に準備してきた言葉をぶつけた。

すでに一度経験しているはずなのにドキドキする。

一瞬、きょとんとした顔をしてから、未樹登は口を開いた。

「なんで？」

イエスでもノーでもなく、ホワイ。

未樹登らしいといえば未樹登らしい。

一周目はその返答に驚いてしどろもどろになってしまったけれど、今ならスラスラと説明できる。

「大学入ったら、毎日私服だし、着る服買っときたいんだよね。葵衣は受験終わるの三月だから、まだ勉強してるし。未樹登なら受験終わってるからちょうどいいじゃんって思って……」

いかにもそれっぽい理由だ。他にも進路決まってるやついるだろ、なんて言われたらそれまでなのだけど。

「それに……ほら、もうすぐ離ればなれになるじゃん。だから、今のうちに未樹登とも思い出作っておけたら嬉しいな～って」

平常時よりも激しい心臓の鼓動につられて、ちょっと早口になってしまっていたかもしれない。

ものごころついたときからずっと一緒だった仲の良い幼馴染と、離ればなれになる前に思い出を作っておきたいと思うのは、さほど不自然なことではないはずだ。

いや……どうなんだろう。好きという気持ちがバレてしまうだろうか。

別にバレてもいいのかもしれない。というか、むしろバレた方がいいのでは……？

考えているうちに、よくわからなくなってくる。

「そうだな。じゃあ、どっか行くか」

いつも通りの落ち着いた声音。感情はくみ取れないけれど、微《かす》かにほころんだ口元を見るに、迷惑がられているということはなさそうだ。一周目のときよりも、ほんのちょっとだけ観察する余裕がある。

「ところで、髪切ったんだけど、どう？　似合ってる？」

無事に約束を取り付けたあと、私は尋ねた。やっぱりこちらから切り出すまで、まったく触れられなかった。

女子の変化にはもっと敏感になれ、なんて言うつもりもない。今はまだ、私は未樹登の彼女ではないのだ。

「さぁ。似合ってるんじゃない？」

「何それ」

「だって、真鈴が選んだ髪型でしょ。じゃあ似合ってるはず」

この返答も一周目と同じで、ここからどう展開していくかもわかっている。

『どういうこと？』『失敗しないように先回りして動くし、納得いくまで吟味するタイプじゃん、真鈴は。今回もそうなんだろうなって』『まあ、そうだけどさ』

そんな会話をしたし、未樹登の評価は的を射ていた。

実際、自分でもこの髪型をそこそこ気に入っている。毎朝の身支度がちょっと楽しくなった。大変でもあるけど。

でも、未樹登の感想が聞きたかったんだけどな……。

「真鈴？」

ちょっと残念な気持ちになったことまで一緒に思い出していると、未樹登が私の顔を覗《のぞ》き込んでくる。

同じ言動をしていたら、結果まで同じになってしまう。小影が言っていた通り、何かを変えなくてはならない。

「未樹登はどうなの？」

だから私は、勇気を振り絞って切り出した。

「え？」

「あ、いや。未樹登はどんな髪型が好きなのかなって」

「髪型？　なんで？」

なんでって、未樹登の好みが知りたいからなんだけど……。

やっぱり不自然だったかもしれない。

「いや、なんとなく。そういうの、あんまり聞いたことなかったから」

適当に口にした答えは、理由になっていない。

それで納得したのかはわからないけれど、未樹登は答えてくれた。

「んー、長いか短いかで言えば、短い方が好きかな」

「本当⁉」

と、自分が直接褒められたわけでもないのに、ついテンションが上がってしまう。これじゃあ、嬉しいと言っているようなものじゃないか。慌てて「ショートの女の子って可愛いよね。私のこれも、ショートのインフルエンサー見て、いいなって思って切ってもらったんだ」と、聞かれてもいないのに、謎の言い訳を口にしようか迷っていると。

「髪乾かすの楽だし」

未樹登は自分の髪の毛先をつまんで、そんなことを言った。

「え？」

「ん？」

「もしかして、未樹登自身がどんな髪型にするかって話してる？」

私は好きな女の子の髪型を聞いたつもりだったんだけど……。

「違うの？」

「あ、いや。大丈夫。……私も昨日、すごい乾かすの楽だった」

ここで、女子の髪型の話だと訂正する勇気は、私にはなかった。

一人で勝手に舞い上がって、焦って……バカみたいだ。

「前は結構長かったもんな」

と、未樹登は無難なコメントを残し、再び課題に向き合い始めた。

◆

「あー……」

湯船につかりながら、未樹登との会話を思い出して両手で顔を覆う。

だんだん自信がなくなってきた。

『たまに、会いにいってもいい？』

一周目に見せた、あの思わせぶりな態度はなんだったのだろう。やっぱりあれは、私が見ていた夢だったのではないか、なんて思ってしまう。

そもそも、よく考えてみれば、あの台詞だけでは恋愛感情は読み取れない。ホームシックになったとき、親に会いたくなるのと同じ感覚で、幼馴染である私とも会いたくなる、みたいなことかもしれない。

恋と友情の違いってなんなんだろう。

そんなことさえ考え始める始末。

考えれば考えるほど、未樹登は私のことを、ただの幼馴染としてしか見ていないのではないかと思えてくる。

今ごろ未樹登は、何をしているのだろう。

夕飯を食べているのかもしれないし、私と同じようにお風呂《ふろ》に入っているのかもしれない。

彼も家にいるのだとすれば、物理的な距離は百メートルにも満たない。

こんなに近くにいるのに、とても遠く感じてしまう。

気づいたときには、未樹登はすでに私の世界にいて、それから長い間、一緒に育ってきた。

そのはずなのに、今では未樹登のことがわからない。

昔と比べて、やはり未樹登は複雑な男の子になってしまった。

「……頑張らなきゃ」

口をついて出てきた私の呟《つぶや》きは、浴室の中で響いて、すぅっと消えた。

もっとたくさん未樹登のことを知って、未樹登の理想に近づいて。

今度こそ、告白を成功させなくちゃ。

ショッピングモールでは、効率良くお店を回ることができていた。

理由は単純だ。一周目でも、同じ日の同じ時間にここに来たから。

とはいえ、やっぱり服を選ぶのは迷うし、その結果、この前とは違う選択をすることだってある。けれど、前回ほどたくさんの店舗を行き来して、生地や値段を比較しなくて済んでいる。

正直、未樹登を歩かせすぎてしまったな、と反省していたのだ。

「いい買い物しちゃった」

「かなり安くなってたな」

一周目では、帰る直前にセールをしていることに気づいて、立ち寄れなかったお店があったのだが、今回は先に見ることができた。やり直しができるというのは、こういうところでも便利だ。

「うん。ラッキーだった。未樹登もなんか買えばよかったのに」

「男性もの少なかったからなぁ」

「いっそ女性もの着ちゃえば？　私が今買ったニットとか、未樹登に似合いそうだったよ」

「しょうがないからもらってやるよ」

「あげるとは言ってないんだけど」

そんな会話をしながら、たくさんの人で賑《にぎ》わう吹き抜けの通路を、未樹登と並んで歩く。

このときの私は調子に乗っていた。油断していたと言い換えてもいい。

「ってか真鈴、このショッピングモール詳しいの？」

未樹登がそう尋ねてきた。

「え、別にそんなことないけど……。どうして？」

「いや、どこにどんな店があるか把握してるし、地図もあんまり見ないで歩いてるから、すごいなって思って」

一ヶ月前にまったく同じ場所で未樹登と買い物をしたから覚えているだけだ。しかし、それをそのまま説明するわけにもいかない。

「そ、それは……ほら、ちゃんと予習してきたから。あ、このお店も見てみたかったんだよね。入ってもいい？」

そのときちょうど近くにあったショップを指さして、私は会話を強制終了させる。

「ん。荷物持っとこうか？」

「じゃあ、お願い」

なんとかごまかせたみたいで、ホッと胸をなでおろした。

一ヶ月分の時間を戻した私だけが知っていることが、他にもたくさんある。気をつけないと……。

「あ」

買い物を終え、モール内を歩いていると、未樹登が立ち止まった。

「どうしたの？」

「いや、この映画、ちょっと気になってたから」

壁に貼られたポスターには『超人気小説が待望の映画化！』という文字が躍っている。

「CMでもよくやってるよね」

「うん。なんかすごいらしい」

「情報量なさすぎてウケる」

「ネタバレされる前に観とかないとって思ってるんだけど、なかなかタイミングがなくて……」

未樹登のその言葉に。

「じゃあ、今度観にいこうよ」

そんな台詞が、自然と口から出ていた。

「いいな。いくか」

すんなり了承を得てしまった。

私は自分で言った言葉にドキドキしているのに、未樹登は余裕がありそうで、なんだかちょっとムカつく。

その場で予定をすり合わせて、映画を観にいく日を決めた。お互いに空いている日だから当たり前かもしれないけれど、一周目でも同じ日に未樹登と会ったのを思い出した。

偶然にもその日はバレンタインデーで、ファミレスで一緒に勉強をした記憶がある。今回はそのときよりもデートっぽいな、なんて考えて、首の辺りが熱くなった。

「上映時間とか確認しとくね」

「ん。サンキュ」

一周目とは違った流れになっている。これからも、一周目に出かけた場所とは違うところに行ってみようと思った。

[今日は楽しかった][ありがとね]

と、お礼のメッセージを未樹登に送ると、すぐに返信がきた。

[こちらこそ][映画、楽しみにしてる]

顔を合わせて話すときよりも、ちょっとだけ自然体な言葉に、胸がじんわりと温かくなる。

昔に比べてわかりにくくなっただけで、未樹登の芯《しん》にある素直なところは、きっと変わっていない。

そういうところを、もっと見せてくれるようになればいいのに……。

寝る準備を終えて、ベッドに寝転がりながらスマホで映画について検索する。

近くの映画館を調べると、何時から始まるかが表示された。

話題作だけあって、一日に数回上映している。今なら時間帯に制限されずに観られそうだ。

早速、候補となりそうな時間を未樹登に共有した。

念のため、評判についても調べておく。宣伝に力を入れているだけで、内容は大したことない、という可能性もある。できる限り、失敗は避けたい。

レビューサイトを見ると、おおむね好評価で安心した。

批判的なレビューもあるけれど、個人的に役者が嫌いだとか、現実の恋愛はこんなに都合良くいかないとか、的外れなものばかりだ。

大きめのネタバレを踏んでしまったのは痛かったけれど、楽しめるであろうという安心感を得ることができた。

◆

バレンタインデー当日。

私と未樹登は、映画館のスクリーンに映るひと組の男女を見ていた。

数年前に離ればなれになった二人の感動的な再会に、周囲からは洟《はな》をすする音が聞こえてくる。

このシーンは、未樹登にはどう見えているのだろう。どう感じているだろう。そんなことばかり考えてしまう。

視覚と聴覚では同じものを共有しているけれど、私たちの感性まで同じ形をしているとは限らない。

そのことが、なんだかもどかしかった。

未樹登の全部を知れたらいいのに、なんてバカみたいなことを思う。

上映が終わり、歩きながら感想を言い合った。

「でも、びっくりしたな。まさかヒロインと先輩が裏でつながってたとは……」

「あー、それね」

「真鈴はそんなに驚いてなかったよね。予想してた？」

「ま、まあ、なんとなくは？」

「すごいな」

レビューサイトを観ていたときに知ってしまったため、心から驚くことができなかった。たしかに、何も知らなければより楽しめただろう。そう考えると、まあまあ悔しい。未樹登と一緒に驚きたかった。

ちょっとだけ後悔をしながら映画館を後にする。

駅の周辺ということもあり、たくさんの人が歩いていた。バレンタインデーだからか、カップルが多いような気がする。私たちも恋人同士に見えているのだろうか。そう考えるだけでそわそわする。

「あ、そうだ。これ」

私はバッグからチョコレートを出して渡した。手作りではなく、デパ地下で売っているものだ。義理か本命か、微妙なラインのものを選んだ。少しでも意識してくれればいい。

「ホワイトデーは三倍返しでよろしくね」

何か言われる前に付け足したのは、もちろん照れ隠しだ。

「それ目当てかよ。まあでも、ありがと」

未樹登にチョコレートを渡すのは、小学生のとき以来だった。一周目では迷った結果、渡すことができなくて、買ったチョコレートをひとりで食べた。

無事に渡すことができて安堵《あんど》しつつ、好きな気持ちがバレてしまっただろうか、というドキドキもあって、何を言えばいいかわからないまま、私は未樹登の隣を歩いていた。

あと五分ほど歩くと、駅に到着する。そこからは電車と歩きで、すぐに家に着いてしまう。

未樹登ともっと一緒にいたい。

だけど、そのことをどうやって伝えればいいのだろう。

伝わるビジョンも、伝える勇気もない。

恋愛の難しさを改めて感じる。今日だって、チョコレートを渡すだけでいっぱいいっぱいになってしまった。

だから――。

「腹減ったたな。なんか食べてく?」

という未樹登の突然の提案に、

「うん!」

と、勢いよくうなずいてしまった。

「ふっ。そんなに腹減ってたんだ」

その笑みにドキッとする。

普段はあまり笑顔を見せないから、余計に。

「あ、ちょっと待ってね。今お店調べるから」

と、近くにあったベンチに腰掛けてスマホを取り出した。心臓を落ち着かせる意味合いも兼ねて。

「テキトーにその辺ぶらぶらして決めてもいいけど」

未樹登は立ったまま周囲を見渡す。最寄り駅から二つ隣ということもあり、何度か行ったことのあるお店や、気になっていたお店はいくつかあった。

「それであんまり美味《おい》しくなかったら悲しいでしょ」

アプリを開いて、検索をかける。

せっかくの未樹登とのお出かけなので、美味しいものを食べたい。その一心で、いつも以上に慎重にお店を選んでいく。

「チェーン店とかじゃダメなの？」

「そういうところだって、お店によって評価違ったりするじゃん」

スマホに表示された星の数と口コミで、候補を絞っていく。

「まあ、そうだね」

半分は納得したように、半分は諦めたように、未樹登は私の隣に座る。

「寒くない？」

横から覗き込んでくる未樹登の声が、耳元で聞こえた。

「だ、大丈夫」

「そ」

距離が近いせいで、むしろ熱くなってきたくらいだ。

◆

「ごめんね。時間かかっちゃった」

私が選んだのは、歩いて五分のところにある定食屋だった。二人掛けのテーブル席に案内され、向かい合って座る。

「いいよ別に。真鈴がそれで満足なら」

言葉の内容こそ優しいが、未樹登からほんの少しだけ、ピリッとした空気を感じた。

やっぱり、寒い中待たせてしまったのがいけなかったのかもしれない。

あからさまに機嫌が悪いとかではなく、どこか納得していない、くらいのものだし、そもそも私の気のせいかもしれない。

「美味しいな、これ」

未樹登がチキン南蛮を食べながら言う。

「でしょ。やっぱりちゃんと調べて良かったじゃん」

私も野菜炒《いた》めを口に運ぶ。生姜《しょうが》焼き定食もエビフライ定食も美味しそうで、注文を決めるのに十分近くかかってしまった。

「別に、俺は真鈴とならどんな店でも大丈夫だけどね」

「何それ。不味《まず》い料理で十分ってこと？」

「そう思うんならそれでいいけど」

未樹登は相変わらず感情の読めない顔で言う。

「あ、そうだ」

緊張と楽しさですっかり忘れていたけれど、未樹登に聞きたいことがあったのを思い出した。

話題が途切れたタイミングで、私は尋ねる。

「未樹登って、どんな女の子が好きなの？」

シミュレーションもたくさんしたのに、それでもかなり緊張していた。ずっと聞きたかったけれど、一周目では上手く聞き出せなかった。

告白を成功させるためには、とても重要なことだ。

「どうしたんだよ、いきなり」

一瞬だけ、動揺したように目を見開いてから、未樹登は訝《いぶか》しげな表情で私を見る。

聞き返されることも予想して、言い訳だって作ってある。

「だってさ、あんなにモテるのに、今まで彼女作ったことないから、気になっちゃって」

幼馴染のことをさりげなく心配している、というような演技を少し混ぜながら、私は言う。

「もしかしてさ、好きな人とかいたりするの？」

これは身辺調査だ。いくら未樹登のことを遠くから見ていても、好きな人がいるかどうかはわからない。ＳＮＳも、食べ物とか野良猫とか、空の写真ばっかりだし。

「いるかもしれないし、いないかもしれない。そもそも、好きってなんなんだろうね」

「またそうやってはぐらかすんだから。そんな哲学的なこと言っても、私は騙《だま》されないから」

未樹登は話を逸《そ》らすのが得意だ。いや、得意になった、というべきかもしれない。会話をしていると、いつの間にか彼のペースになっていることが多い。

「で、どうなの？」

「……別に。彼女とか、そういうのは今はいいかなって思ってるだけ」

「ふーん」

私は未樹登に気づかれないように、そっと肩を落とす。

「じゃあ、告白とか全部断ってるのも、彼女がいらないから？」

「まあ、だいたいそんな感じ」

と、肯定はしたものの、なんだか歯切れが悪い。

もう少し突っ込んで聞いてみよう。あくまで、未樹登が嫌がらない程度に。

「こんな人なら付き合うかも！　みたいなのはないの？」

「ん～、クレオパトラとか？」

「何それ。真面目に答えてよ」

「じゃあ楊貴妃《ようきひ》」

「も～！」

昔は素直な男の子だったのに、未樹登は変わってしまった。

あまり感情を表に出さない。もちろん笑ったり落ち込んだりすることだってあるけれど、それも最小限だ。

そういったところは、発言にも表れている。こちらが核心に触れようとすると、ひらりと躱《かわ》してくるのだ。今みたいに。

つかみどころがない。秘密主義。

今の未樹登は、そういった言葉で形容できる。

まるで、心を分厚い布で何重にも覆っているみたいだ。

そういうところがミステリアスで素敵だと、女子トークで盛り上がっているのを聞いたりもする。彼女たちが昔の素直な未樹登を知ったら、どんな反応をするのだろう。

「ってか、真鈴の方はどうなの?」

「え?　私?」

逆に聞かれるとは思っていなかったので、少しびっくりしてしまう。

「そういう話、全然聞かないけど」

「わ、私は未樹登と違ってモテないので、普通に彼氏がいないだけでーす」

そうおどけてみる。

本当は、一回だけ告白されたことがある。

二年生のときに同じクラスだった男子は、私のしっかり者なところが素敵だと言ってくれた。

しっかり者なところなんて、全部作り物なのに。

友達からでもいいので考えてみてほしいと言われて、休みの日に一度出かけたこともある。だけど、どうしてもその人のことを恋愛対象として見ることができなかった。今となっては苦い思い出だ。

「俺、真鈴のことを好きな人、知ってるけど」

「え、誰⁉」

突然の爆弾発言に、私は思わず立ち上がりそうになる。

「気になる？」

未樹登は涼しげな顔で言う。

「そりゃ、気になるよ。で、誰なの？」

前のめりになって問い詰める。

「……知ったら、そいつと付き合うの？」

未樹登の瞳が私を射貫《いぬ》く。今日一番の真剣な声音だった。

想像してみる。私のことを好きだと言ってくれている男子がいたとする。

もし、その人がとても素敵な人で、一緒にいて楽しくて、私のことを大事にしてくれるのだとしたら、それはすごく幸せなことなのかもしれない。

だけど。

「いや、付き合わないかな」

私が好きなのは、未樹登だから。

「ふーん。じゃあ、教えない」

「意地悪」

「意地悪で結構」

別に、知ったところで、どうしようもないからいいんだけど。ちょっとモヤモヤする。

それに未樹登の発言は、付き合わないなら教えないと言っているように聞こえた。逆に、付き合うのなら教えると言っているようにも解釈できる。

私に彼氏ができてもいいと言っているみたいで、たとえ純粋な気持ちから幸せを願ってくれているのだとしても、なんだか面白くない。

考えすぎだろうか。

話をはぐらかしたくて、適当に嘘をついたのかもしれない。そっちの可能性の方が高そうだ。

「そろそろ帰るか」

「そうだね」

未樹登が席を立つのに続いて、私も立ち上がる。

会計をしてお店を出てから、結局話をはぐらかされたままだと気づいた。

未樹登の好みはわからずじまいだ。

一周目よりも、未樹登との距離が近づいたような気がする。

でもそれは、私が未樹登と多くの時間を過ごしているからかもしれない。

未樹登にとっては、よく話すようになってから、まだ一ヶ月も経っていない。

突然、馴れ馴れしくなった幼馴染。そう思われている可能性もある。

彼の態度に、どこか壁を感じてしまうのも事実だ。

だけどその壁も、少しずつ低くなってきているように思える。

◆

リセットから二週間後。下校の途中で、少し寄り道をしてご飯を食べた帰り道。

「未樹登、なんかそわそわしてない?」

少し前から、頻繁にスマホを確認していた。

「よくわかるな。あと五分くらいで、ライブの当選発表があって」

ああ、今日だっけ。と言いそうになって、慌てて飲み込む。危なかった。今の私はまだ、未樹登がライブの抽選に応募したことは知らないはずなのだ。

「当たるといいね」

残念ながら外れるんだけどね。

「あんま期待しないでおく」

「あ、手相占いだって。やってもらえば？　当選してるかわかるかもよ」

雑居ビルの二階に怪しげな看板を見つけて、そう提案してみる。

「いいよ別に。そういうの、信じてないから。そんなことよりこの前、道に落ちてる空き缶拾ったし、電車で妊婦さんに席譲った。だから当選してるはず」

「何それ、どういうこと？」

「そういうの、神様はちゃんと見てくれてるかなって」

「神様は信じるんだ」

「っ……なんでもない」

失言だったというように、未樹登は顔を背ける。なんだか、昔の素直な未樹登と話しているように思えて、嬉しくなった。

「いいじゃん。きっと神様はいるよ」

狐の姿をした、ちょっとポンコツの神様が。

「頼むから忘れて」

レアな未樹登が見られて、なんだか嬉しい。けれど、結構本気で嫌がっているようにも見えたので、これ以上は言わないでおく。

「忘れてあげる代わりに、私のお願いも聞いてくれる？」

「内容による」

「また、どこか遊びに行こ」

　少し勇気が必要だったけれど、なんとか言えた。一周目でも同じようなことを言ったはずなのに、どうしてこんなに緊張してるんだろう……。

「まあ、それくらいなら。どこ行きたい？」

　未樹登の声は、心なしか柔らかい気がした。

「未樹登は行きたいところってないの？　未樹登が好きなもの、もっと教えてよ」

　どうせ緊張しているのだから、ちょっと冒険して、一歩踏み込んでみる。

「わざわざ俺に合わせなくてもいいって」

「別に、合わせてるわけじゃ……」

　拒絶されたと感じてしまうのは、私の考えすぎだろうか。

　まだ、そこまでは立ち入らせてくれないみたいだ。

「だって、ちょっと前に私の買い物に付き合ってくれたし。だからお返しみたいな感じで、次は未樹登の行きたいところがいいかなって思って……」

　私なりの気遣いのつもりだったのだと、言い訳をしておく。

「そしたら、先週は俺が観たかった映画にいったから、それでチャラじゃない？」

「でも、あれは私も観たかったから……」

　なんだかわがままを言っているような気になってくる。

　そんな私を見て、ふっと小さく笑うと、未樹登は口を開いた。

「わかった。じゃあ――」

告白まで、あと一週間。

私と未樹登は、なぜか高校の近くの公園で遊ぶことになった。

看板に描かれた地図を見たところ、かなり広いらしい。少し離れたところで、老人たちがゲートボールをしている。

「なんで公園なの？」

公園を提案してきたのは未樹登だ。私は未樹登が行きたい場所がいいと言ったので、文句を言う資格はない。理想的なカップルのデートっぽくはないかもしれないけれど、未樹登と一緒にいられるだけで嬉しい。

「部活引退してから全然運動してないし、体動かしときたいから」

未樹登は中、高と陸上部に入っていた。種目は走り幅跳び。地区大会ではそれなりに良い成績を残していて、二、三回表彰されていたのを覚えている。

「というわけで、はいこれ」

未樹登がおもちゃのテニスラケットを開封して渡してくる。明らかに安物で、柔らかそうなボールと、プラスチック製のシャトルがついている。

「たぶんラリー続かないよ」

自慢ではないが、球技はあまり得意ではない。でも、体を動かすこと自体は好きだ。

「別にいいよ。変なとこ返された方が運動になるし」

「それ、フォローしてるの？　それとも煽《あお》ってる？」

「どっちも」

そう言いながら、未樹登は私から距離を取る。

数分後――。

「はぁ……はぁ……」

私は息を切らしていた。未樹登の返球はとても正確で、こちらはあまり動く必要がないはずなのに、ラケットを振るというアクションだけで疲れてしまっている。

やっぱり高校でも運動部に入っておけばよかったかな……と、水泳部だった中学時代を思い出す。

「ちょっと休憩するか」

あまり疲れた様子のない未樹登の言葉で、私たちはベンチに座る。

未樹登はリュックからグミを取り出して、ひと粒口に入れた。

「それ、いつも食べてるよね。美味しいの？」

「美味しいとか美味しくないとかじゃなくて、食べてないと落ち着かない領域に入ってきた。これがコンビニから消えたら、俺はもう生きていけない」

ふざけたことを真顔で言うものだから、私はつい笑ってしまう。

「中毒じゃん」

「真鈴もいる？」

未樹登がグミを袋ごと差し出してきた。明らかに未開封のものだ。

「え、いいの？　ってかそれ新品じゃない？」

「ちょうどストックがあったから。よければ丸ごともらって」

「ストックって……。好きすぎでしょ。じゃあもらおうかな。ありがとね」

私はグミを受け取ってお礼を言う。値段にすれば数百円もしないであろうお菓子だけど、好きな人から何かをもらったという事実だけで、飛び跳ねてしまうほど嬉しかった。

シチュエーションは違ったけれど、一周目でも同じようなやり取りをしてグミをもらった。最後のひと粒を小影にあげたんだっけ。

「それにしても、いい公園だね。学校の近くにこんなところがあったんだ」

三年間通っていたのに、まったく知らなかった。

「あっちの方にはアスレチックもあるよ。そんなに本格的なものじゃないけど」

少し休んでから、私たちは場所を移動した。

「あ、これやりたい！」

正式名称はわからないけど、ワイヤーから吊《つ》るされたロープにつかまって、シャーッて滑るやつ。

「怪我しないでよ」

「大丈夫……だと思う」

少しの運動であれだけ息を切らしていては説得力がないな、なんて思いながら、私はロープをギュッと握って足を地面から離す。

「楽しー！」

滑りながら、思わず大きな声が出てしまう。

「久しぶりに見たかも」

降りた先で、未樹登が言った。どこか嬉しそうな顔をしている。

「何が？」

「真鈴が全力ではしゃいでるところ」

「は、はしゃいでなんか……」

否定しようとしたけれど、今の私はどこからどう見ても、完全にはしゃいでいた。

「ふっ」

「あ、笑った」

「え？」

「私も未樹登が笑ったとこ、久しぶりに見たかも」

「そうかな」

なんだか恥ずかしくなってきた。未樹登も同じらしく、お互いにそれ以上は何も言わず、遊具のエリアを後にした。

「水も流れてるんだ。なんかいいね」

人工的に作られた水路を眺めながら、私は歩いていた。

「落ちないようにね」

「大丈夫だよ」

ふと、幼少期を思い出す。

やんちゃな女の子だった私は、よく危ないことをして未樹登を泣かせていた。

高いところが好きで、木やフェンスによじ登って、落ちそうになってはバランスをとりつつ、最後は大胆に飛び降りるということを繰り返していた。

未樹登はいつも、そんな私を見て涙目になっていたっけ。

今では想像もつかない二人の過去の回想。

なんだか楽しくなってきて、スキップで進む。

「おおー！　噴水まであるじゃん」

タタタッと、駆け足で近づいて。

「あっ！」

「……っぶな」

水で濡《ぬ》れていたらしく、足を滑らせて水路に突っ込みそうになってしまったところを、未樹登が支えてくれたみたいだ。

「だから言ったのに」

「……ごめん」

恥ずかしくて顔が上げられない。

「もう立てる？」

耳元で未樹登の声がした。

そこで初めて、未樹登の腕が私の腰に回されていることに気づく。抱きしめられている形だ。

その力強さに、また私の知らない未樹登を見つけてしまって。

動揺と混乱で頭の中がぐちゃぐちゃになる。

「あっ……ごめんっ！　重かったよね」

自分でも驚くほどの反射神経で距離を取る。さっきとは別の種類の恥ずかしさで、体が一気に熱くなった。

「別に、重くはなかったけど」

未樹登は不思議そうにこちらを見ている。

いつもの私だったら、絶対にしないようなことをしてしまった。

勢いで行動しすぎてしまった。未樹登に引かれてしまったかもしれない……。

不安がこみあげてきそうになるが、今の私には時間を戻す力があるのだ。正確には私の力ではないけれど。

だから、少しくらい失敗したとしてもやり直しができる。

ただ、そのやり直しにも回数制限があることを忘れてはいけない。

直感で動かないように気をつけなくちゃ……。

告白の前日には、一周目と同じように未樹登の方から呼び出された。

会話の内容も同じようなものだった。

それなのに、真剣な未樹登の声と表情で、今から告白をされるんじゃないかというドキドキでいっぱいになる。

「だから、学校で話したり、こうして気軽に会ったり、そういうことができなくなると思うんだけどさ。たまに、会いにいってもいい？」

やっぱり未樹登は、私のことを大切だと思ってくれている。

それが再確認できた。

じゃあどうして、私の告白は断られたのだろう。

それだけが、いつまで経ってもわからなかった。


そして迎えた告白の日。

「私、ずっと……小さいときから未樹登のこと、好きだった。今までは、近くにいられたら、それだけでよかったけど……離ればなれになるって実感してから、このままじゃ嫌だって思った。卒業して、離れても、未樹登の一番近くにいたい。未樹登と、特別な関係になりたい」

一周目よりも、言葉はスラスラと出てきた。

だからなのかわからないけれど、なんだか自分の言葉を、薄っぺらく感じてしまう自分もいた。

「好きです。私と……付き合ってください」

それでも、未樹登を好きな気持ちは変わらない。

だから、私の気持ちをそのまま伝える。

けれど――。

「ありがとう。すごく嬉しい。だけど、ごめん」

未樹登の返事は変わらなかった。

「真鈴とは、友達のままでいたい」

未樹登の口から出る『友達』という言葉が、まるで呪いのように、私の心を締め付ける。

幕間
— maku-ai —


未樹登と付き合い始めてから、約一週間が経った。

今日はホワイトデーだ。バレンタインデーにチョコレートを渡したのも、もう一ヶ月前になる。

「未樹登、その隠してるやつ、そろそろ見せてよ」

お昼過ぎに待ち合わせをしたときから、ずっと何かを体の後ろに隠している。上品な感じの紙袋のデザインがチラチラと見えているので、さすがにホワイトデーのお返しだろうと予想はついた。

「ほしいの?」

「くだらないものだったら怒るけどね」

「これだったらたぶん怒られはしないと思うけど。はい」

そう言いながら未樹登が差し出してきた袋の中身は、可愛らしい白い箱だった。ポップなロゴには見覚えがある。

「え、このお店って……もしかして……」

「そう。数量限定のチーズケーキ」

お洒落《しゃれ》で美味《おい》しいのだと、SNSで話題になっている。

ずっと食べてみたいと思っていたのだが、数量限定商品ということもあり、朝から並ばないと買えないものだ。そういえば、午前中は予定があるって言ってたっけ。並んでくれたのかな。

「食べたかったんでしょ？」

「うん！　ずっと気になってたんだ！」

と、言ってからおかしなことに気づく。

「あれ……でも、どうしてそのことを？」

私はまだ、そのチーズケーキについて未樹登に話したことは一度もない。話題に出したりもしていないはずだ。

「……ああ、この前、寝言で言ってたから」

「何それ。恥ずかしすぎるんだけど……」

思わず袋を持っていない方の手で口元を覆うが――。

「待って。私、未樹登の前で寝たことなんてあったっけ」

ここ最近の出来事をさかのぼってみても、そんな記憶はない。ちょっとうとうとしたことはあったかもしれないけど……。

「嘘だよ」

「もー！　びっくりしたじゃん」

未樹登は、たまに真顔で嘘をつく。どこまでが本当で、どこからが嘘かがわからない。

今みたいに、すぐに自己申告してくれるから、不満というわけではないけれど、ちょっと不安にはなる。

それを本人に伝えるのは、たぶん私のわがままだ。恋人として、ありのままの未樹登を受け入れないと……。

「で、本当は？」

「まあ、身辺調査ってやつかな」

友人との会話では話したことがあったような気もするので、おそらく葵衣あたりに聞いたのだろう。

直接聞いてくれてもよかったのに、と思わなくもないが、サプライズ感を出したかったのだろうか。そう考えたら、なんだか愛《いと》おしくなってくる。

「ありがとね。めっちゃ嬉《うれ》しい！」

「そ。ならよかった」

未樹登はホッとしたように笑う。彼にしては、リアクションが大きい気がする。

そんなに心配しなくても、未樹登から何かもらえるってだけで嬉しいのだから、もっと堂々としていてもいいのに。

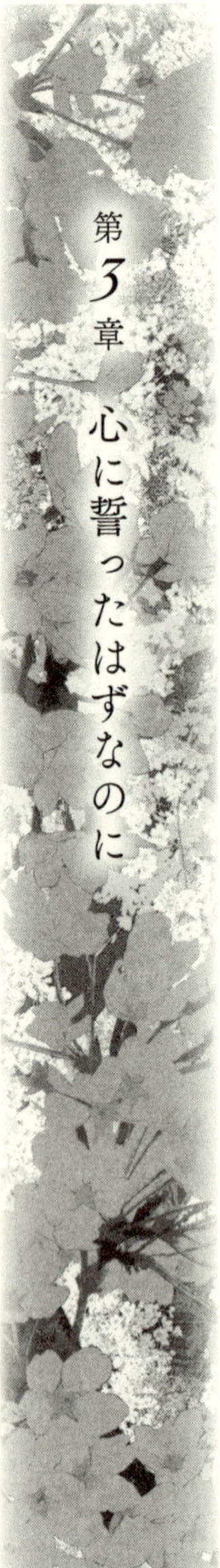

第3章　心に誓ったはずなのに

「本日はどうなさいますか？」

美容師のお姉さん——恵実さんの声で、どこか暗いところをさまよっていたような感覚が、現実に引き戻される。

また失敗してしまった。

だけど少しずつ、未樹登の理想に近づけている気がする。願望からくる、ただの錯覚なのかもしれないけれど。

「この髪型でお願いします」

まだチャンスは五回もある。落ち込んでいる場合じゃない。

でも——。

『真鈴とは、友達のままでいたい』

未樹登の台詞《せりふ》を思い出して、お腹の辺りにじくじくとした痛みを感じた。

どうすれば、彼は私の気持ちに応《こた》えてくれるのだろう。


「真鈴、ショートにしたんだ！　めっちゃ似合ってる〜！」

「ふふ。ありがと」

二周目までと同じ葵衣の反応に、思わず笑みがこぼれた。三度目にもなると、褒められるのにも慣れてくる。

「ねえ、葵衣。ちょっと相談したいことがあるんだけど」

葵衣に頼ることにしたのは、二周目で『応援するから、なんでも相談して！』と言っていたのを思い出したからだ。

「お。真鈴の方から言ってくるなんて珍しいね。どうしたんだい？　おじさんがなんでも答えてあげるよ〜」

「あ……やっぱり大丈夫です」

「冗談だって。ごめんね真鈴」

「あはは、わかってるよ」

葵衣はすごく美人なのに、ユーモアも持ち合わせている。そういうところも大好きだし、敵《かな》わないな、とも思う。今だって、緊張していた私の心を柔らかくほぐしてくれた。

「実は、恋愛相談なんだけど」

と切り出しただけで、葵衣は興奮したように身を乗り出してきた。

「え、真鈴が⁉　あの、イケメン芸能人にも興味のなかった真鈴が恋愛相談⁉　大事件じゃん！　明日《あした》は空から宇宙人でも降ってくるの⁉」

そういえば、まだこの世界の葵衣は、私が未樹登を好きだということを知らない。とはいっても、酷《ひど》い言われようだ。

「あー、説明するからいったん落ち着いて。ね」

昔から未樹登が好きだったこと。進学で離ればなれになってしまうと自覚したのがきっかけで、告白をしようと決めたこと。今は距離を縮めるのに必死なこと。

それらをかいつまんで話す。

「もしかしてって思ってたけど、やっぱりそうだったか～」

「気づいてたの？」

思い返せば、一周目のときに、相手が未樹登だということも言い当てられている。

「うっすらとね。廊下ですれ違うときとか、穂高を目で追ってたりしてたし。それに、穂高と話してるときの真鈴の表情、なんか柔らかいんだよね。幼馴染《おさななじみ》だからってだけなのかなーとも思ってたけど」

私、そんなことしてたんだ……。全然気づかなかった。

葵衣の観察眼が鋭いのか、それとも私がわかりやすいのか。前者だということにしておこう。

「あ、じゃあさ、髪型変えたのも穂高のためなの⁉」

「まあ、そうだね」

　いちいち言葉にされるととても恥ずかしいのでやめてほしいのだが、葵衣は「真鈴が可愛すぎる！」と、悲鳴みたいな高い声を出してはしゃいでいる。

「ってわけで、未樹登に告白しようと思ってるんだけど――」

　わたしは逸《そ》れそうになる話を元に戻す。

「うんうん」

「上手《うま》くいく自信がないんだ」

　すでに二回も失敗してるし。

「で、葵衣に色々と聞きたくて。どうすればいいと思う？」

「どうすれば……って、普通に『好きです。付き合ってください』って言えば大丈夫だと思うんだけどなぁ。穂高も真鈴のこと、ただの幼馴染以上に思ってるように見えるし」

　二周目にも同じようなことを言われた。

「そうかな……」

　もし、一周目に聞いていたら嬉《うれ》しかったかもしれないけれど、二回も振られた後だと、素直に喜べない。

「真鈴？」

　普通であれば喜ぶべきところで、なぜかテンションが下がっている私を、葵衣が心配そうに見つめる。

「あ、いや、嬉しいんだけど、不安の方が大きいっていうか……」

「もー。そんなこと言ってたらいつまで経っても進まないよ。ストレートに告白しちゃえばいいじゃん。なんなら今日呼び出して告っちゃいなよ」

「え……それは無理だよ」

「どうして？」

「もし振られたらって思うと、怖くて……。だから、できる限り色々と準備してから言おうと思ってる」

一ヶ月後ですら失敗しているのだ。今の状態で想いを告げても、上手くいくとは思えない。

「こういうときまで慎重にならなくていいのに。恋は勢いが大事なんだから」

「でも……」

本当に勢いが大事なのだとしたら、私は恋に向いてない。

「ま、私もできる限り協力するから。頑張ってね！」

親友から心強い言葉をもらって、私は気を引き締め直す。

一周目も二周目も、未樹登はたしかに、私のことを意識してくれていた。

少なくとも、嫌われてはいないはずだ。

葵衣から見てもそう見えるらしいので、それは間違いない。じゃあ、どうして二回も振られているのだろう……。

デートの行き先や服装、未樹登との接し方で悩むことは何度もあった。二周目までは自分で考えて答えを出していたけれど、それがよくなかったのだろうか。恋のせいで視野が狭くなり、正常な判断ができていなかったという可能性がある。

気づかないうちに、未樹登の中でマイナスポイントが貯まっていったのかもしれない。

今の私に足りないのは、客観的な視点だ。

そう考えて、今回は悩むたびに葵衣にアドバイスをもらうことにした。


バレンタインデーの前日。

「チョコってやっぱり手作りの方がいいのかな。市販のやつだと、手を抜いてるって思われる?」

「付き合ってるわけでもないのに、手作りは重いっていう意見もあるから、あんまり気にしなくていいと思うよ。男子なんて、女子からチョコもらえるだけで嬉しいんだから」

デートプランの相談にも乗ってくれる。

「週末に未樹登と隣町に遊びに行くんだけど、美味《おい》しいお店知ってたりしない?」

「あ、それなら……こことかすごい良かったよ。パスタがすっごく美味しいんだ!」

ファッションやメイクがあまり得意ではないので、そういうときの葵衣は特に頼りになる。

「今度、ちょっとかかとが高い靴履いていこうか迷ってて……。男子的にはどっちがいいんだろ」

「んー、女子が身長高いのが嫌って人もいるけど、穂高はそういう系に見えないしなぁ。あとは、行く場所にもよるよね。結構歩くとかだったらおすすめはしないかな」

恋愛テクニックにも詳しい。

「ねえ、葵衣。どうしよう。メッセージの返事するとき、ちょっと時間置いた方がいいって記事見たんだけど、そうなのかな。私今まで、気づいたらすぐ返事しちゃってた！」

「別に大丈夫だって。そんなの、ちょっとしたテクニックみたいなものだし。真鈴は可愛いなぁ」

「もー、他人事《ひとごと》だからって！」

葵衣は毎回、私の話を聞いてくれたし、適切なアドバイスもしてくれた。持つべきものは恋愛に詳しい友人だ。

葵衣の志望している大学は、長引くと三月まで試験が続く。勉強の邪魔になってしまうかもしれないので、あまり頼り過ぎないようにしようと思ってはいるけれど『真鈴の恋バナは、勉強の息抜きにちょうどいい』と言って、たくさん話を聞いてくれる。

だからつい、寄りかかりすぎてしまうときもあって。

「今度行く謎解きイベント、どのコースがいいと思う？　やっぱり初心者向けの方がいいかな。それとも、ちょっと難しめの方が楽しいかな」

「それは……私より真鈴が決めた方がいいんじゃない？　穂高のことは、私より真鈴の方が知ってるんだから」

「そう……だけど」

「というかさ、真鈴はどうしたいの？」

「私？　私は……」

どうしたいんだっけ。

どうすれば、未樹登にもっと近づけるだろうか。

何を言えば、未樹登は喜んでくれるだろうか。

そればかりを考えて、色々なことを選択しているような気がする。

なんだか、自分が計算高い人間みたいに思えてくるけれど、未樹登に好かれたいという気持ちは嘘じゃないから……なんて言い訳で正当化をしてしまう。

実際、未樹登とは上手くいっている。

二周目までと明らかに違うわけではないけれど、未樹登からの好意を感じる場面も多い。葵衣のアドバイスのおかげで、告白だって成功するかもしれないのだ。

この調子で、卒業式まで頑張っていきたい。

◆

「ごめん。待った？」

「私も今来たところ」

二十分前もギリギリ今だよね、なんて思いつつ答える。

謎解きイベントに出かける日。周遊型という、実際に街中を歩きながら遊ぶタイプのものだ。

「ねえ……今日の服、どうかな」

歩き出そうとする未樹登の服の袖《そで》を、ちょん、とつまみながら上目遣いで尋ねる。

今日の私はいつもと違って、大人っぽい格好に挑戦してみた。

白いニットセーターに、丈が長めなベージュのプリーツスカートを合わせて、足元は黒のショートブーツ。

メイクも頑張った。アイシャドウなんて初めてだったし、ピンク系のリップも、ちゃんと馴染んでいるか不安になる。少し背伸びしすぎてしまったかもしれない。

いや。服もメイクも、葵衣に相談して決めたものだから、きっと大丈夫だ。ちょっと予算はオーバーしちゃったけれど。

「ん、いいんじゃない？　似合ってると思う」

「そこは言い切ってほしかったな」

「うん。似合ってるよ。大人っぽくて、素敵だと思う」

「まあ、いいでしょう」

まあまあ棒読みだったけれど、未樹登からの言葉だと思えば十分だ。

もっと意識してくれればいいんだけど……。

謎解きはとても楽しかった。三段階あるうちの真ん中——中級者コースにしたのだが、未樹登のひらめき力は予想よりも高く、予定より早めにクリアできた。

「まだ早いし、カフェでも行かない？」

今度は私から誘うことができた。二周目のリベンジを果たせた気分になる。

「いいね」

「実は、行きたかったところがあるんだ」

こういうこともあろうかと、あらかじめ近くのお洒落《しゃれ》なカフェを調べておいた。歩いてお腹も空《す》いているはずだし、ちょうどいいだろう。

お店の窓ガラスに映る私たちは、まるで仲の良いカップルみたいで、告白を成功させなければ……というプレッシャーさえなければ、とても幸せな休日だ。

未樹登は前に、彼女はいらないというようなことを言っていた。あのときははぐらかされてしまったけれど、もっと詳しく聞いてみるべきだったと今では思う。

彼女がいらない理由がわかれば、アプローチの方針を立てやすくなるかもしれない。

「未樹登さ、彼女はいらないとか言ってたじゃん」

温かいカフェラテをひと口飲んで、私はそう切り出した。

「……え？　いつの話？」

未樹登の不思議そうな声音で、私は自分が間違えてしまったことに気づく。

あれは二周目のことで、今は三周目だ。

気をつけようとは思っていたのに……。

「あれ。私の勘違いだったかな。なんか、誰に告白されても断ってるから、そういうことなのかなーって、勝手に思ってただけというか……」

焦って弁明するけれど、喋《しゃべ》れば喋るほど怪しくなってしまう。

「まあ、いらないってわけではないけど、必要とはしてないかな」

「それ、何が違うの」

〝いらない〟と〝必要としていない〟は一緒じゃない？

「んー、とんかつにソースがかかってたら美味しいじゃん」

「いきなりなんの話？　まあ、美味しいけど」

「でも、かかってなくても食べられるよね」

「そうだね」

「それと一緒」

言いたいことはなんとなく理解できた。

必ずしも必要ではないけれど、あったら嬉しい。そのくらいの温度感で、未樹登は恋愛を定義している。

わかりづらいようでわかりやすい喩《たと》えになってるのがちょっとムカつく。それに、女子をソースに喩えるなよ、とは思う。

でも、恋人がいた方がいいなら――。

「ソースがかかってた方が美味しいなら、かければいいじゃん」

未樹登なら、いくらでもソースを選び放題だ。

「もうすぐ特製ソースが完成するかもしれないって状況だったら？」

「は？　特製ソース？」

今度こそよくわからない。

「とんかつの美味しさが五倍にも十倍にもなるくらいの、世界に平和をもたらすようなソース。でもそれは、他のソースと混ぜられない」

なんだか深いことを言っているようにも聞こえるし、適当なことを言ってごまかそうとしているようにも聞こえる。それに、喩えがとんかつとソースなので、話があまり入ってこない。

「未樹登は、恋愛に興味がないの？」

わけがわからなくなってきたので、質問の角度を変えてみる。

自分が現在進行形で恋をしているから、他人に対して恋愛感情を持つことは当たり前だと感じてしまうけれど。

それが幸せか不幸せかは置いておくとして、恋をしない人だって、この世界にはたくさんいるのだ。

私が告白を断られているのは、それが理由なのかもしれない。

そうでないことを願いながら、そうであってほしいとも思う。

だって、もし未樹登がそういう人なのであれば、きっと清々《すがすが》しく諦《あきら》められるから。

なんて思っていたのに――。

「そういうわけじゃないよ」

と、未樹登は珍しく濁さずに答えた。

じゃあ、どうして恋人を作らないのだろう。

普通なら、あれだけたくさん好意を向けられていたら、試しに付き合ってみよう、くらいには思うんじゃないか。

リセットする前にも思っていたけれど、未樹登と恋の話をしていると、希少な化石を求めて、まったく見当違いの場所を掘っているような感覚に陥る。でも、一心に掘り続けていれば、いつかは求めるものにたどり着くはずだ。

だから私は、未樹登のことをもっと知る努力を続けなければならないし、未樹登の恋人にふさわしい人間を目指さなくてはならない。

◆

「前売りのチケット買おうと思ってるんだけど、気合入りすぎって引かれちゃうかな」

二月の最後の週。未樹登とは週末にプラネタリウムに行くことになり、葵衣にも相談をしていた。

「どっちでもいいんじゃない？　でも、せっかく約束したんなら確実に入れるように買っといたら？」

「そうだよね。あと、星のこと、予習するかどうかも迷ってて……。むしろ何も知らない状態で行った方が楽しめるのかな。でもそれだと、未樹登に常識なさすぎって呆《あき》れられるかも……」

「ねえ、真鈴」

葵衣が、いつになく真剣な声で呼びかける。

「ん？」

「もう少し、自分で考えたら？」

喉《のど》の奥がひゅっと鳴る。

「あっ！　ごめん……葵衣が大変な時期なのに、私……」

試験本番まで数日。最後の追い込みで忙しいはずなのに、そんな葵衣に、私は恋愛相談に乗ってもらっている。さすがに甘えすぎだ。

「違うよ。そうじゃない」

しかし葵衣は首を横に振る。

「え？」

「相談自体は、息抜きになるから大丈夫って前にも言ったでしょ」

「じゃあ、どうして」

もっと自分で考えろなんて……。

「もし真鈴が穂高と付き合うことになったらさ、今みたいに、全部穂高に合わせようとするの？」

厳しい言葉を、なるべく優しい声で伝えようとしてくれているのがわかる。

「それは――」

どうなんだろう。

そもそも、未樹登に合わせているという自覚すらなかった。私が未樹登に喜んでほしいから、そうするのであって……。

「それだと、穂高の方も疲れちゃうんじゃない？」

「そう……なのかもしれないけど……」

葵衣の言っていることはもっともだ。

でも、私はすでに二回、未樹登に振られている。未樹登と付き合うためには、彼の好みを熟知して、彼の理想の恋人像に近づかないといけないのだ。

「真鈴自身の考えも、大切にした方がいいんじゃないかな」

私自身の、考え……か。

「それよりさ、もっとグイグイいってもいいと思うよ。今すぐ告白してもいいくらいなのに。なんか、遠回りしてるように見える」

葵衣はおそらく、慎重になっている私に苛立《いらだ》ちを募らせてもいるのだろう。だけど。

「それは……無理だよ」

二周目までは、一ヶ月かけても付き合えなかったのだ。このタイミングで告白しても、上手くいく未来が見えない。

「そんなこと言ってると、先越されちゃうんじゃない？」

「え？」

「二組の竹下《たけした》さんって知ってる?」

二組といえば、未樹登と同じクラスだ。

「ああ。あの、ちょっと真面目そうな子?」

たしか、大人しい感じで……委員長タイプの女子だ。成績も学年で上位に入っていたような気がする。

「うん。その子が、穂高のこと好きだって噂があるんだよね」

「へぇ。そう……なんだ」

動揺して声が震えた。今まで未樹登に告白していた女子とは、ちょっとタイプの違う子だ。

「卒業式までには告白するって言ってるみたいだよ」

ズキ、と胸が痛む。

だけどすぐに、問題はないはずだという結論に落ち着く。

「未樹登は断るから、大丈夫だよ」

一周目でも二周目でも、未樹登に彼女ができたという事実はなかったはずだ。最初から告白されていないのか、告白されて断ったのかはわからないけれど。

「そうとは限らないじゃん。もしかしたら、気まぐれで付き合うなんてことがあるかもしれないし」

そんなことはない。

だって、未樹登のことは私の方が知っているはずだ。

それに、私が二回も振られていることすら、葵衣は知らないくせに。

「だから、もっと攻めなきゃ。そんなに慎重にならなくていいって」

憶測だけで私を急《せ》かそうとする葵衣の言葉に、モヤモヤしたものが湧き上がってくる。

「葵衣だってさ、高校での恋愛は諦めて、大学で良い人見つけるとか言ってるじゃん。それって、私が慎重になってるのとどう違うの？」

言葉にしてからハッとした。

私は今、何を言った？

勉強で忙しい合間を縫って相談に乗ってもらっている立場なのに……。

告白が成功しないことに焦って、なんの関係もない親友に、苛立ちをぶつけて——。

頭が真っ白になって、冷汗も出てきた。心臓の鼓動は、限界まで速くなっていて、今にも破裂してしまいそうだ。

「っ……！　それは、だって……」

葵衣が、次の恋愛は大学生になってから、と考えるようになった経緯は私も知っている。二年半前、葵衣の心は恋によって、ひどく傷ついた。

それなのに、私は——。

「……ごめん。無神経だった」

なんとか謝罪の言葉を絞り出して、目を伏せる。怖くて視線が上げられない。

私は葵衣と喧嘩《けんか》がしたいわけではないのに……。

「ううん。私も、勝手にテンション上がっちゃってた。ごめんね、真鈴」

葵衣も冷静になってそう言ってくれたけど、動悸《どうき》は全然収まらない。

『それって、ただの自己満足だよ』

思い出したくもない過去が、全身をぎゅうぎゅうと締め付けてきて、息苦しさで窒息してしまいそうだ。あのときみたいな失敗は、絶対にしないと心に誓ったはずなのに、同じことを繰り返してしまった。

「真鈴、大丈夫？」

「……うん。今、すっごく自己嫌悪に陥ってる」

なんとか普通に言葉を発することができるようになった。

「私も、焦らせるようなこと言っちゃって、ごめん。真鈴のペースでゆっくり頑張ってほしい」

葵衣の心が広くて、本当によかった。

「うん。頑張る」

まだ、少し声は震えている。

もう二度と、あんな思いはしたくない。そう思っていたはずなのに……。

「だけど、最近の真鈴、なんか変わったような気がする」

葵衣は悲しげな表情で言う。

「真鈴の何事も慎重なところ、いいなって思ってたけど、今の真鈴は、ただ臆病《おくびょう》になってるだけに見えるな」

そんなことはない。そう否定しきれない自分がいた。

「そう……かも」

「何か、理由があるの？」

葵衣は本当に鋭い。

神様から時間を巻き戻せる力をもらったこと、今が三周目であるということを、打ち明けてしまおうか。でも、葵衣は信じてくれるだろうか。逆の立場だったら、私は信じられないと思う。じゃあ、どうすればいい……？

「…………」

色々なことを考えて、私は何も言うことができないでいた。

「言いたくなったらで大丈夫だからね。私はあのとき、真鈴に話を聞いてもらって救われたから」

親友の優しさと、自分の情けなさで、心の中がぐちゃぐちゃになって。

こぼれてきそうになる涙を、必死にこらえる。

◆

もう、二年半も前のことになる。

その頃の私と葵衣は、親友というほど仲が良いわけではなかった。同じグループには属していたけれど、ただの友達の中の一人という立ち位置だったように思う。

関係性が変わったのは、夏休み前のある日だ。

私は葵衣の様子がおかしいことに気づいた。最初は、ちょっと体調が悪いだけかと思っていたけれど、そうだとしたら、彼女の場合は正直に言うだろう。

何か嫌なことや落ち込むことでもあったのだろうか……。

葵衣は、あまり文句や愚痴を言わない。それは同時に、一人で抱え込みすぎてしまうタイプということだ。

「葵衣。ちょっと体調悪くなってきちゃった。保健室連れてってくれない？」

四時間目が始まる前の休み時間。私はそう言って、葵衣と教室を出た。

「真鈴、大丈夫？」

保健室につくなり、葵衣は心配そうな表情で私の顔を覗《のぞ》き込む。

「ごめん。仮病」

「は？」

そのときの葵衣の驚いた顔がとても新鮮で、今でもはっきりと覚えている。

「葵衣が、なんか様子変だったから」

「それは……」

その反応からして、予想通りだったみたいだ。

「せっかくだし、溜《た》まってるもの、全部吐き出しちゃいなよ」

「うん。ありがと。実はね――」

昨日、付き合っていた恋人と別れたことを葵衣は話してくれた。

中学のときから付き合っていたその男は、別の高校に進学して、そこで同じクラスの女の子に言い寄っていたらしい。それが発覚し、問い詰めて、別れることになったという。

「だいたいさ、バレないと思ったのかね。女子の情報網なめんなって言いたい。ってか一発殴りたい」

最後の方には、葵衣の口も滑らかになってきて、私も一緒になって怒った。

「そんな男、別れて正解だよ！　一発じゃなくていいよ！　百発くらい殴っとこ！　アマゾンでメリケンサック注文しとこうか？」

もちろん、そんな機会は訪れなかったけれど。

「真鈴、聞いてくれてありがとね。楽になった」

三十分も経った頃には、葵衣はスッキリした表情になっていた。

「ねえ、今日は早退しない？」

「え？」

「ほら。私、体調悪いから」

「いや。それは仮病だってさっき……」

「葵衣も体調悪くなってきたでしょ」

「でも……」

「怒られたら一緒に謝ろ。ね」

「っふふ。真鈴って、ときどきヤバいよね」

「え？」

「褒めてるんだよ。うん。私も体調悪くなってきた。早退する！」

こんな元気な早退宣言は聞いたことがなくて、私たちは顔を見合わせて笑った。

ケーキ屋さんに行って、甘いものを食べようということになり、そこでも色々な話をした。

「決めた！　私、良い大学入って良い男の人見つける！」

葵衣は本当にその翌日から勉強を頑張り始めて、成績をぐんぐん伸ばしていったのだ。

「そろそろ告白するんでしょ？」

私が葵衣を傷つけてしまってからも、彼女はいつも通り話しかけてくれた。

「うん。明日、卒業式が終わったら言うよ」

「いいなぁ。私も大学受かってたら見にいったのに」

葵衣は第一志望の大学の前期試験に落ちたばかりだった。まだ後期試験が残っていて、それに向けて勉強を頑張っている。

「見世物じゃないから。受験生は勉強しなさい」

「は～い」

私が少し気まずさを感じているのを理解したうえで、あえてコミカルになるように会話を誘導してくれているのだろう。本当に、葵衣は優しい。

三周目の告白の日が、あっという間に来てしまう。

葵衣からのアドバイスを取り入れて、二周目までとは違った一ヶ月にできたと思う。

少しは、可能性があるのではないか。

でも、期待しすぎてもダメだったときのショックが大きいし……などと考えながら。

「好きです。付き合ってください」

祈りを込めて頭を下げる。

「ありがとう。すごく嬉しい」

これまでと同じ台詞。

告白が成功したわけでもないのに、それだけで喜びそうになってしまう。

そして、これまでと同じように、絶望が突きつけられる。

「だけど、ごめん。真鈴とは、友達のままでいたい」

幕間
―― maku-ai ――


「真鈴、大丈夫?」

お洒落《しゃれ》なカフェで、正面に座る未樹登が言った。

「ん?」

私は落ちそうになっていたまぶたを持ち上げる。

「すごい眠そうだけど」

「あ、ごめん……」

せっかく未樹登とデートをしているのに、こんなところで寝そうになってしまうなんて……。

「ちょっと昨日、夜更かししちゃって」

今日のデートプランを考えていたら、いつの間にか深夜の三時になっていたのだ。

未樹登はもうすぐ東京へと行ってしまう。最近は引っ越しの準備などで忙しくしていて、そんな中、今日は一日予定を空けてくれた。

だから、素敵なデートにしなくてはならない。

エリアはおおまかに決めていたので、細かい情報を調べた。インターネットで、口コミや写真を確認して、雰囲気の良いお店をいくつかピックアップ。

降水確率は十パーセントだったけれど、雨の場合のことも考えた。

夜更かしが良くないこともわかっている。だけど、それ以上に不安なのだ。

恋人としてふさわしくないと、未樹登に思われてしまうことが。

「無理しないでね。俺は真鈴の彼氏なんだから」

「うん。ありがと。もう大丈夫だから」

未樹登の口から発せられた『彼氏』という言葉に、顔が熱くなる。それをごまかすように、私は笑顔を作った。

未樹登と恋人同士になれて、私はとても幸せだ。

とても幸せでなくては、いけないのだ。

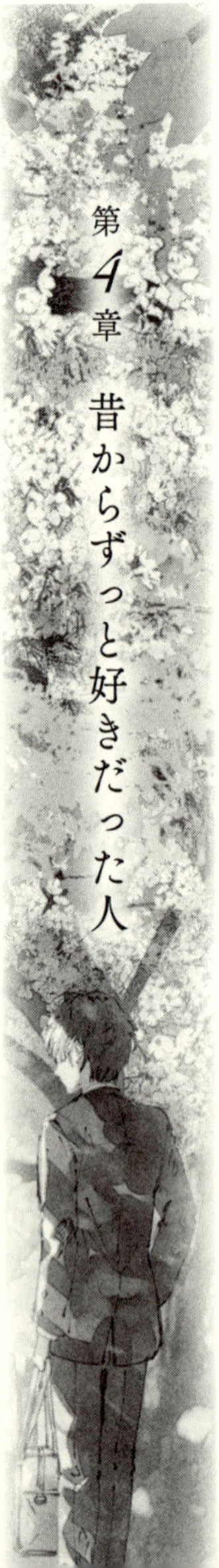

第4章　昔からずっと好きだった人

◆

「本日はどうなさいますか？」

「……この髪型でお願いします」

「かしこまりました。前髪は……どうしましょうか。この通りに切ってしまうと――」

「えっと、これより少し長めでお願いします」

　何か言いたそうな美容師のお姉さんと、鏡越しに目が合う。私が暗い表情をしていたからだろうか。たしかに普通は、髪型を変えるときは明るい気持ちになるものかもしれない。実際、一周目で髪を切ってもらうときは、不安を感じつつも胸が弾んだ。

「このまま進めちゃって大丈夫ですか？」

「あ、はい。大丈夫です」

「すみません。なんだか、浮かない顔をしていらしたもので」

「いえ。ちょっと、考え事をしていて……。こちらこそ、すみません」

髪を切ってもらっている間も、心のモヤモヤは晴れなかった。油断すると、未樹登に振られたことを思い出して泣きそうになってしまうので、眉間《みけん》に力を入れなければならず、鏡に映る私の表情は険しかった。

お金を払って、美容院を出る。

今回も名刺をもらったけど、恵実さんの笑顔は控えめだったように思う。

なんだか申し訳なくて、ますます暗い気持ちになってしまう。


本当にわからなくなってきた。

未樹登はたしかに、私を大切にしてくれている。

それなのに、なぜか告白は失敗してしまう。

目的地までの道中では何事もなく進んでいたのに、最後の最後で、大きな壁にぶち当たっているような感覚だ。

落ち込んでいる暇はない。今はもう四周目。あと四回しか告白のチャンスは残されていないのだ。

一緒に遊びに行く。

積極的に話しかける。

未樹登のことを知る。

髪型を変えたり、お洒落《しゃれ》をしたりする。

葵衣に相談をする。

色々なことをしてきたけれど、本当に意味があったのだろうか。

未樹登に好かれようとするたびに、から回りしているような気がしてくる。

変に思われていないかとか、もっと適切な言葉があったんじゃないかとか、そういうことばかり考えてしまう。

葵衣や他の友達から、私はよく、慎重な性格だと評価されている。

何をするにも事前に調べたり、頭の中でシミュレーションをしたりする。待ち合わせをするときは、三十分前には着くように家を出るし、授業で出された課題はその日のうちに片付ける。財布やスマホを失くしていないか、頻繁にバッグの中を確認する。

そういったことが、いつの間にか癖になっていた。

特に慎重になっているのが、口に出す言葉だ。

あまり話したことのない人と会話をするときに気をつけるのは当然だけど、クラスの友達と話すときも、相手を不快にさせる可能性はないか、とか、意味が誤って伝わってしまわないか、とか、そういったことを考えてから発言をするようにしている。口数が少なくなってしまうが、仕方がない。

たまに、自分を偽っているような気がしてくる。

几帳面《きちょうめん》でしっかり者の女子、といったイメージが定着しているけれど、本当の私は全然違う。

私は単純に、失敗することを怖がっているだけなのだから。

だから、臆病《おくびょう》なだけ、という葵衣の言葉は、これ以上ないくらいに的中していた。

昔の私はもっと、後先を考えずに行動していた。自分が正しいと思うことを、それがたとえ結果的に間違っていたとしても、直感的に選んでいた。

誰かが困っていたら、迷わず手を差し伸べる。

悪いことをしている人がいたら、躊躇《ためら》わず注意する。

自分の行動に自信があったのだろう。勇敢だったとも言えるし、傲慢《ごうまん》だったとも言える。

その自信が剝《は》がれ落ちたのは、今から約五年前——中学二年生のときのことだった。

◆

クラスメイトに、内山《うちやま》さんという女の子がいた。

内山さんは、クラスでも一番目立つグループに入っていた。

正直、素行があまりよろしくなく、先生たちをよく困らせている人たちだった。

グループ内での内山さんの立ち位置が低いことは、外から見ても明らかだった。

彼女がやってきた宿題をみんなが写す。ロッカーから荷物を持ってこさせる。いいように使われているという表現がしっくりくる。

クラスメイトを手下のように扱う人たちに、私は正直うんざりしていた。

そして、その頃の私は、後先構わず行動するタイプの人間だった。

誰かのためにしたはずの行動が、取り返しのつかない悲劇につながるなんて、思ってもいなかったのだ。

ある日、内山さんは掃除をしていた。掃除当番でもないのに。

「ねえ、内山さん。大丈夫？」

「何が？」

彼女の表情からは何も読み取れない。

「だって今日、掃除当番じゃないでしょ？　いつも新城《しんじょう》さんたちに命令されて、大変じゃない？」

新城というのは、内山さんのグループにいるリーダー格の女子だ。大人びた容姿とカリスマ性を兼ね備えていて、成績も悪くない。彼女の発言は絶対、というような雰囲気を持っている。

「いいの」

いつもの彼女からは信じられないような、小さな声だった。

このときの私は、彼女が『今のままでいい』と諦《あきら》めていて、新城さんたちに命令されるのを受け入れているのだと解釈していた。

だけど、それは大きな間違いだった。

「先生。ちょっと、相談があるんですけど——」

クラスの担任は、新卒三年目の若い男の先生だった。生徒たちのことを一番に考えてくれる、熱血的なところがあった。その方向性こそ、微妙にずれていたかもしれないけれど、良い先生だったのは間違いない。

「内山さんのことなんですけど――」

だからそのときも、先生に相談すれば、どうにかしてくれると思っていた。後先なんて考えずに、自分が正しいと思う行動をとった。

数日後、いつものグループに内山さんの姿はなかった。先生が新城さんたちと話をしてくれたのだろう。

私は安心した。善いことをしたと、満足すらしていた。


「ねえ、塚本」

数日後、日直で教室に残っていると、内山さんが話しかけてきた。

「ん？」

お礼を言われるのかと思っていた。

そのときの私は、どうしようもなく愚かだった。

「どうしてくれんの？」

内山さんの声には、怒りがにじんでいた。

「え？」

まさか責められるとは思っていなくて、私は驚く。

「私がぼっちになって、楽しい？　満足？」

何を言われているのか、まったくわからなかった。

「別に、掃除を代わるとか、笑いものにされるとか、そりゃ、嫌だけどさ。こうしてハブられるよりは全然マシだった。だから、中学を卒業するまでは、このまま耐えようって思ってたのに……」

新城さんたちのグループにいる代償として、内山さんは彼女たちの言うことを聞いていたのだと、そこで初めてわかった。

「前もさ、私、言ったじゃん！　このままがいいって」

あのときの『いいの』は『今のままでいい』という諦めではなく『今のままがいい』という意味だったのだ。今さら気づいたところでもう遅い。

「ご、ごめん。そんなつもりじゃ……」

どうしてそこまでして、新城さんたちのグループにいたいのか、私にはまったく理解できなかった。

「だろうね。きっと、塚本みたいな強い人にはわからない。善意で先生に相談してくれたってのもわかってる。でも、ひとつ教えてあげる」

彼女の言葉は、抜けない棘《とげ》になって、私の心に深く突き刺さる。

「その人のためにしたことが必ずしも、その人のためになるとは限らない」

その通りだった。

実際、私の行動は結果的に、内山さんにとってマイナスになっている。

反論の余地もない。

「塚本がしたことは、ただの自己満足だよ」

内山さんは休みがちになり、そのうち学校に来なくなった。

さすがに、どうにかしようとは思えなかった。私がここで何かしても、逆効果になってしまう。だから、何もしないのが正解なのだと無理やり思い込むことで、襲い来る罪悪感をどうにか中和していた。

ショックだった。

善い行いをしたと思っていたのに、結果的に彼女を追い込んでしまった。

今までももしかすると、そういうことをしてしまっていたのかもしれない。

そう考えると、お腹のあたりがずっしりと重くなった。

その出来事をきっかけに、私はとても慎重になった。

今、発しようとしている言葉は、本当に正しいのか。この発言は誰かを傷つけないか。

そういうことばかり考えるようになった。

いつの間にか、その慎重さは行動にまで及ぶようになった。

高校受験の日は、前日の夕方から当日の朝までで、合計で十回は持ち物を確認した。

スケジュールの管理も得意になった。避難訓練などの、どうせ学校に行けばわかるであろうものでも、スマホにメモをしている。

そのおかげで、忘れ物は少ないし、周りからはしっかり者だと思われるようになった。

「真鈴も大人になったねぇ」と感心する母親。

「さすが塚本だな。みんなも見習うように」と褒める教師。

「真鈴が課題やってないなんて、意外だね。体調でも悪いの？」と心配する友人。

そういった視線と言葉が『しっかり者の塚本真鈴』をどんどん作り上げていく。

ちょっと窮屈だけど、周囲の期待に応《こた》えるうちに、自分を演じることに慣れてしまった。人から頼られることも増えた。

だから、慎重で几帳面で、しっかり者の女の子として、周囲と波風を立てずに関わりながら生きていくのが、きっと私にとっての正解なのだ。

◆

「真鈴、ショートにしたんだ！　めっちゃ似合ってる〜！」

髪を切った翌日、これまでと同じように葵衣に褒めてもらえたけれど、三周目で彼女を傷つけてしまったことを覚えている私は、上手《うま》く返事ができなかった。

勝手に気まずさを感じているだけなのはわかっているけれど、また傷つけてしまうかもしれないと思うと、どうしても怖くなる。

だから――。

「もしかして、好きな人でもできた？」

「ううん……別に。ただのイメチェン」

未樹登への気持ちすら打ち明けられなくて。

「へぇ。そうなんだ。いいじゃん。真鈴、すごく可愛いよ」

「そんなこと……」

「でも、いきなり短くするからびっくりしちゃった。もし何かあるんなら、話聞くからね」

私の様子に何か引っかかるところがあったらしく、そう言ってくれたけれど。

「うん。ありがと」

私は控えめに笑うことしかできなかった。


行き止まりにぶつかってしまったみたいだった。

未樹登が何を考えているのか。

私はどうすればいいのか。

この恋が成就する可能性はあるのか。

そのすべてが不明瞭《ふめいりよう》だった。まるで、霧の中にいるみたいに。

頭を悩ませている間も、容赦なく時間は過ぎていく。

結局、何をどう変えればいいのかわからず、これまでと変わらない日々を過ごしてしまっていた。

それでもやっぱり、未樹登の言葉の端々からは、私を特別だと思ってくれていることが伝わってくる。


リセットから一週間。未樹登とケーキを食べに行く日の朝。

「やばっ……！」

目を覚まして、枕元のスマホを確認すると、約束の時間を二分ほど過ぎていた。

昨夜、なかなか眠れなかったのが原因だろう。目覚ましもかけ忘れていた。

ちょうど未樹登からの着信があった。

〈真鈴？〉

「ごめん！　寝坊した！」

嫌われてしまっただろうか。ギュッと目をつぶって、未樹登の返事を待つ。

〈そっか。ならよかった〉

安堵《あんど》のため息と一緒に、そんな言葉が聞こえてきた。

〈何かあったのかと思って、普通に焦った〉

言葉通り、いつになく落ち着きのない声で未樹登が言った。

「本当にごめん。すぐ準備するね」

〈ゆっくりで大丈夫。待ってるから〉

「うん。ありがと」

通話を終わらせて、急いで支度をする。

その日のデートは、成功とは言い難かった。

未樹登は遅刻した私を責めるわけでもなく、むしろ体調を気遣ってくれた。

「今日はごめんね。朝、遅刻しちゃって」

「いいよ。無事にケーキも食べられたし、美味《おい》しかったし」

未樹登はそこまで気にしていないとわかっていても、やっぱり落ち込んでしまう。

「それにさ、むしろ安心したんだよね」

「え？」

「真鈴はいつも、完璧《かんぺき》でいようって思ってるみたいなところあるじゃん」

そんなことは……ちょっとあるかもしれない。でもそれは、未樹登の恋人にふさわしくなるためでもあるのだ。でも、完璧だったら好きになってくれるかというと、そんなことはないような気もする。

「ちょっとくらい、ダメなところがあっても――」

未樹登はそこで、何かに気づいたように言葉を止める。

「ダメなところがあっても？」

「別にいいと思うよ」

何か別の言葉を飲み込んで、無難なものを吐き出したように思えてしまうのはどうしてだろう。

どこか釈然としない気持ちもあるけれど、心が軽くなったのは事実だ。

「ん。ありがと」


その後も、未樹登と話したり、二人で出かけたりした。

けれどそれは、今までしてきたことの焼き直しだった。

まったくと言っていいほど、新しいことに挑戦できていない。

このままでは、また告白は失敗に終わってしまう。

だからといって、どうすればいいのかはわからなかった。


卒業式まであと三日。突破口は見えないままだ。

放課後、未樹登の教室で一緒に勉強していた私たちは、休憩も兼ねて雑談をしていた。

「未樹登は大学、楽しみ？」

「んー、どうだろ……。楽しみと不安が半々くらい？」

「意外だね。不安なんてあるんだ」

「真鈴は俺のことをなんだと思ってんだよ。死ぬほどあるから」

「一人暮らしも大変そうだもんね」

「そうだな」

実樹登が通う予定の大学は、ここから電車で二時間以上かかるため、彼は一人暮らしをすることを選んだ。

「寂《さみ》しくなるね」

「ちょくちょく帰ってくるけどな」

「大学が楽しくなって、ずっとあっちにいたりしない？」

大学生になって一人暮らしを始めると、自由を謳歌《おうか》するあまり、地元に帰って来なくなる人も多いというイメージがある。未樹登がそうならない保証はない。

「楽しかったとしても、定期的に帰ってくるよ」

「何、その自信」

「だって、こっちには真鈴がいるから」

心臓が跳ねる。突然、そういうことを言うのはズルい。

「……どういう意味？」

「さぁな。そろそろ帰るか」

「あ、ちょっと！」

未樹登はバッグを持って立ち上がった。私も急いでペンケースを片付けて後に続く。

未樹登の後ろ姿をよく見ると、耳が赤くなっていた。

そのまま無言で廊下を歩く。未樹登は少し早足だ。

「うわ、忘れ物した」

未樹登が昇降口の前で立ち止まる。

「ごめん。ちょっと教室戻る」

「わかった。この辺で待ってるね」

壁に寄りかかって、窓から雲を眺めながら未樹登を待つことにする。

『だって、こっちには真鈴がいるから』

先ほどの言葉を思い出して、つい頬が緩んでしまう。

「あれ。もしかして、君が真鈴ちゃん？」

話しかけられて顔を上げると、制服を着崩した男子が立っていた。たしか、未樹登とよく一緒にいる人だ。名前までは知らないけれど。

ひと言で言ってしまえば、チャラい。そして、陽のオーラがすごい。

目鼻立ちが整っていて、きっとモテるんだろうなぁという雰囲気があった。

「そう……ですけど？」

「さっき穂高と話してたから、もしかしてそうかなって思って、声かけちゃった」

人懐っこい笑顔で発せられた台詞《せりふ》に、それだけで初対面の人に話しかけられるなんて……と驚きはしたけれど、なぜか嫌な気持ちはしなかった。どこか犬っぽい雰囲気のおかげだろうか。

「穂高がよく、君の話をしてくるから」

「え……？」

私の話って、なんだろう。

「うん。昔からずっと好きだった幼馴染《おさななじみ》の女の子と、最近また話すようになったって。それってたぶん、真鈴ちゃんのことだよね」

昔からずっと好きだった人。

それはそのまま、未樹登に対する私の評価で。

「……本当に未樹登がそう言ってたの？」

あまりにも衝撃的な発言に、びっくりして腰が抜けそうになる。

そのタイミングで、未樹登が戻ってきた。

「澁木《しぶき》、余計なこと言ってないだろうな」

「さぁね？　未樹登がウジウジしてるのがいけないんじゃない？」

未樹登の言葉を、澁木くんと呼ばれたその男子は、余裕たっぷりに受け流す。

「真鈴も、澁木の言うこと、真に受けるなよ」

未樹登は少し焦ったようにそう言うと、澁木と呼ばれた男子の襟を後ろからつかんで引っ張り、私から遠ざけるように押しやった。

「真鈴ちゃん。こいつ、結構いいやつだからよろしくね〜」

なんて、澁木くんは朗らかに手を振る。

「真鈴、行こう」

未樹登は私の手をつかんで、澁木くんから逃げるように昇降口を出た。

「ねえ、未樹登。手……」

「あ、ごめん」

未樹登がパッと手を放す。別に、放さなくてもよかったのに……などと思ってしまった。だからといって、改めて手をつなごうなんて提案する勇気もない。

「で、澁木に何言われたの？」

未樹登が、私のことを好きだって話……と、ここで正直に言ったら、どうなるのだろう。まったく想像ができない。

「秘密」

それを聞いて、未樹登はちょっと不満そうな表情を浮かべる。

「あいつ、結構適当なこと言うから、あんまり信じないでよ」

いつもより少し感情的になっている様子から、澁木くんが話していた内容の信憑性《しんぴょうせい》が高くなる。

もしかして……本当に未樹登は、私のことが好きなのだと、澁木くんに話していたのだろうか。


帰宅した私は、今日は珍しく感情を露《あら》わにする未樹登がたくさん見られたなぁ……なんて思いながら、澁木くんの言葉の意味を考える。

素直に受け取るのであれば、やっぱり未樹登も私のことを好きだということだ。

しかも、結構前からそう思っていてくれたらしい。

そのことは嬉《うれ》しい。

だけど――。

今までに三回告白をして、三回とも断られている。

どうしてなのだろう。

未樹登の言う通り、澁木くんが適当なことを言っているだけかもしれない。でも、わざわざたちの悪い嘘をつくような人には見えなかった。

この四周目はたまたま、私の何かが未樹登のお気に召したのだろうか。

「未樹登が何を考えてるのか、全然わかんないよ……」

ベッドに仰向《あおむ》けになった私の呟《つぶや》きは、誰に聞かれることもなく、天井に吸い込まれて消えた。

◆

「好きです。私と……付き合ってください」

祈りを込めて頭を下げる。

時間にしてしまえば、五秒にも満たない時間だけど、何度経験してもドキドキする。

しかし、今回のドキドキは今までのものとは少し違う。

もしかすると、告白は成功するかもしれない。

未樹登は私のことを、今まで以上に受け入れてくれるような気がした。彼の友人である澁木くんからも、彼が私のことを好きでいてくれていると聞いた。

前日の夕方には、いつもどおり、未樹登から呼び出されて話をした。何度経験しても、未樹登からの好意は伝わってくる。きっと、気のせいなんかじゃない。

「ありがとう。すごく嬉しい」

私は顔を上げる。

この台詞は、今までと一緒。

問題は次だ。心臓が早鐘を打っている。

違う言葉が聞けますように。

そう祈りながら、彼の言葉を待つ。

しかし——。

「だけど、ごめん」

未樹登はどこか遠くを見ているような、悲しげな表情で言う。

「真鈴とは、友達のままでいたい」

心が絶望の色に染まる。

——また、同じだった。

このままでは、何度繰り返しても同じ結果にしかならないのではないか。

「……なんで」

心の声が漏れた。

「真鈴……」

「未樹登は、私のこと、好きじゃないの？」

これ以上はもう、私にはわからない。だったら、本人に聞くしかない。

「好きだよ」

未樹登が迷うことなく口に出した『好き』という言葉に、心臓が大きく跳ねる。

同時に、混乱もした。

「じゃあ、どうして――」

どうして、私のことが好きなのに、付き合ってはくれないのだろう。一番近くにいる権利を、認めてくれないのだろう。

明確な理由があるなら教えてほしい。直せるのなら直すし、すぐに直せないことでも、改善できるように努力する。

とにかく、好き同士なのに恋人になれないなんて、おかしいと思う。

「どうして、付き合えないなんて言うの？」

目元に力を入れて、涙がこぼれそうになるのをぐっとこらえる。

未樹登は私の目を真っ直ぐに見て、口を開いた。

「好きだから、このままでいたいんだ」

その答えは、ますます私の頭を混乱させる。

「何……それ。意味わかんないよ」

理解ができなかった。

だけど、未樹登にとってはちゃんとした理由なのだろう。私にはわからない何かが、きっとそこにはあるのだ。

私が好きになった人は、他人の真剣な想いを、考えなしに踏みにじるような人ではない。

好きだから、特別な関係になりたい。

好きだから、友達のままでいたい。

なんだか矛盾しているように思えるけれど、きっとどちらも間違っていなくて。


「暗い顔をしておるな」

神社の石段に座っていると、小影がトコトコと近づいてきた。

「そりゃ、そうなるよ。また振られたんだから」

未樹登のことを知ってきたから、成功する確率は上がっているはずだ。

それなのに、何度も告白は失敗してしまう。失恋するたびに、どんどん自信が失われていく。

「七十八回目もダメだったか……」

「え、何が？」

今は四周目のはずだ。だから、小影が告白のことを言っているのであれば、四回目のはずで……。私の幼い頃の五十六回を含めたとしても、六十回だ。

「こっちの話だ。気にしなくてもよい」

「ふーん」

神様だから、人間に理解できないこともあるのだろう。と、私は理解を諦めた。

「それにしても、未樹登どのはなかなか難しい男だな」

見ていたかのような口ぶりで言う。時間を戻せるくらいだから、私たちの言動は筒抜けなのだろう。

「本っっっ当にそう！　昔はあんなに可愛い男の子だったのに、いつの間にかクールキャラになっちゃって。なんなの⁉」

というか、あれだけ告白まがいのことをしてきたくせに、こっちから告白したら断るなんて、ルール違反ではないだろうか。

もはや有罪にすべきではないだろうか。

思わせぶり罪。罰金五百万、もしくは懲役五年。

「うむ。その調子だ」

「とはいっても、もうどうすればいいかわかんなくなっちゃった」

弱音がこぼれる。動物の姿をしているからなのか、神様だからなのかはわからないけど、葵衣にすら言えないようなことも、小影になら話せそうだ。

「小影は、恋とかしたことないの？」

「神は恋などしない」

「そうだよね。小影には難しそう」

「どういう意味だ？　喧嘩《けんか》を売っておるのか？」

軽口を叩《たた》き合うと、ほんの少しだけ楽になる。

けれどまだ、心は暗く淀《よど》んでいて。

「まあよい。あと三回、リセットのチャンスがある。そのいずれかでは成功するだろう」

「どうかな……」

自信を持ってうなずくことができなかった。

今までに四回も失敗しているのだ。あと三回で成功する保証なんてない。成功する確率が上がっているとも限らない。

そもそも、私と未樹登が恋人になる未来なんて、どこにも存在していないのかもしれない。

「落ち込んでいる暇はないぞ」

「わかってるよ。それじゃあ、リセットお願い」

幕間

— maku-ai —


ちょっと背伸びをして、絵画の展覧会に行った。

服も大人っぽいものを選んだし、落ち着いた色合いのイヤリングも着けてみた。

会場は静まり返っていて、厳かな雰囲気だった。

世界から切り離されてしまったように思えてきて、不安になる。

いかにも頭の良さそうな人たちが、絵画をじっと眺めていた。絵に穴が開いてしまいそうなほどに真剣な眼差《まなざ》しは、自分が見られているわけでもないのに、緊張を感じさせる。

たしかに、絵は素敵だったと思う。

しかし、その背景にあるものをきちんと読み取れたかと問われれば、首を縦に振ることはできない。

未樹登も私と同じような反応で「何がいいのか、よくわかんないな」と小声で言っていた。

「なんか、ごめんね」

帰りの電車で、私は切り出す。

「何が？」

「あんま面白くなかったかなって思って」

行ってみたら楽しめるかもしれないと考えていたのだけれど、わからないものはわからない。せめて事前に、絵や作者について勉強してくるべきだった。

基本的に先のことを考えてから行動するようにしようとは思っているのだけれど、どうしてもボロは出てしまう。私は元から慎重な性格だったわけではないのだ。

未樹登と出かけられることが嬉《うれ》しくて、空回りしてしまったというのもある。

「そんなことはなかったけど」

「でも、未樹登は絵の良さとかあんまりわかってなかったでしょ」

彼はいつも以上に無表情で絵を眺めていた。

「まあ、そうかも。真鈴はどう思った？」

「私も、正直あんまり……」

「わかんないってのも、ひとつの感想でしょ。んで、それを共有できる楽しさ、みたいなのもあるんじゃないかと思ってて」

未樹登は一人、納得したように、うんうんとうなずく。

気を遣わせてしまっているらしい。

「よくわかんなかったね、って真鈴と笑い合うのも、俺は楽しいけど」

恋人同士になっても、やっぱり感情が読めないことはある。けれど、ちゃんと優しい。

そういうところも、好きだ。

「ありがと。芸術って難しいね」

私はそんな言葉でまとめることくらいしかできなくて。

「もっと大人になったら、また挑戦してみてもいいのかも」

「うん」

そうやって、優しくフォローしてくれる。

「今度は、ちゃんと調べてから誘うね」

「俺は今日みたいなのでも全然いいけど」

「ううん。せっかく未樹登と一緒なんだから、ちゃんと楽しみたいし」

勇気を出して言ってみたけれど、未樹登の反応は、私が望んだものではなかった。

「そ。わかった」

声に、少しだけ不満げな色が混じっている。

言葉では優しいことを言ってくれているけれど、本心ではやっぱり、興味のないことに付き合わされたと思っているのだろうか。

二人の間に、気まずさのようなものが漂う。

いつもは気にならないはずの沈黙が、やけに重く感じられた。

第5章　ありのままの私で

「本日はどうなさいますか?」

五周目の世界が始まり、美容師のお姉さんが笑顔で尋ねる。

告白が失敗したのだという事実を突きつけられて、胸がズキズキと痛む。

好きだから、友達のままでいたいなんて……。

そんなの、どうしようもないじゃん。

何が足りないのだろう。

どんな私になれれば、未樹登と特別な関係になれるのだろう。

「あの……お客様……?」

お姉さん——樋口恵実さんの心配そうな声で我に返る。

鏡に映る私の目からは、ひと筋の涙がこぼれていた。

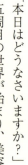

「す、すみません」

「大丈夫ですよ。今日は他に予約も入っていないので」

恵実さんは柔らかく微笑んでくれる。その優しさで、余計に涙が出てきた。

「っ……」

結局、落ち着くまでに数分を要した。

「よければ、何があったか話してくれませんか？」

突然泣き出した客に、恵実さんは嫌な顔ひとつせず尋ねた。

「はい。ひと言でまとめてしまうと、失恋したんです」

自分の失敗を話すのは抵抗があると思っていたのに、言葉は滑らかに出てきた。本当は、誰かに聞いてほしかったのかもしれない。

「それは……つらいですよね」

タイムリープのことは伏せて、未樹登との関係性や、前回の告白の際に『好きだから、このままでいたいんだ』と言われたことについて話した。

初対面のはずなのに、お姉さんはあいづちを打ちながら、親身になって聞いてくれている。

「たくさん頑張ったんですね」

そんな優しい言葉をかけられて、また涙ぐんでしまいそうになる。

「はい。その人に好きになってもらうために、色々と頑張りました。だけど、ダメだったんです……。っ……すみません」

息をゆっくりと吐いてから、私は顔を上げる。

「でも、話したらだいぶスッキリしました。ありがとうございます」

悲しい気持ちが完全に消えたわけではないけれど、心は少し軽くなった気がする。

「それならよかったです」

「ごめんなさい。髪を切りに来たはずなのに、話を聞いてもらっちゃって」

今さら恥ずかしくなってきた。初対面の人に何を話しているのだろう。私の方は初対面ではないけど。

「いえ、大丈夫です。お気になさらないでください。それで、本日はどうなさいますか?」

迷惑であるはずなのに、嫌な表情をまったく見せずに微笑みかけてくれる。恵実さんはとても優しい。

「えっと、この髪型にしてほしいんですけど……」

スマホの画面を見て、恵実さんは首を小さくかしげた。

そういえば恵実さんは、私が画像を見せるたび、毎回、微妙な表情をしていた。

もしかして、私みたいな平凡な高校生には似合わない髪型だと思われていたのだろうか。

「やっぱり、似合いませんかね……」

「いえ。もしかしてなんですけど、失恋したから、短くしようとしているのでしょうか?」

なるほど。私の話を聞いたら、そう思われてしまうかもしれない。

しかし実際の時系列は逆だ。この髪型にしてから失恋をしているのだから。

「たしかに、失恋して髪を短くするという話はよく聞きますが、後悔する人も多いです。勢いで切ってしまうと、伸ばすまでに時間がかかりますし。ですので、無理に短くする必要はないんじゃないでしょうか」

　私の返事を待たず、恵実さんは熱のこもった声で言う。

「あ、ややこしくてすみません。ショートにしたいと思ったのは、失恋したからじゃなくて、単純にこの髪型がいいなって思ってたからで……」

　失恋してショートカットにするなんて発想は、私にはなかった。だけどたしかに、失恋して髪をバッサリ切る、みたいな歌詞が、ちょっと前の歌にあった気がする。

「あ……そうなんですね。私の方こそすみません。昔から早とちりが多くて……」

　眉《まゆ》を下げて控えめに笑うと、恵実さんはさらに若く見える。

「でも正直、ショートが似合うかどうか、自信はなくて……。本当にこの髪型にしていいのかな、みたいなことは思ってます」

　未樹登がどんな髪型が好きかわかれば、迷う必要はないのに。二周目に聞いたときは、短い方が好きとか言ってたけど、あれは未樹登自身がどんな髪型にするかの話だったし……。

　恵実さんは少し何かを考えるように黙り込んでから、意を決したように言った。

「あのっ……もし、お客様がよかったらなんですけど、私に任せてくれませんか⁉」

「え？」

「とびっきり可愛い髪型にして、こんな可愛らしい女の子を袖《そで》にした、見る目のない男を見返してやりましょう！」

　恵実さんの言葉は、まったく予想していなかったものだったけれど、その力強さと心強さに、私は首を縦に振った。

「はい！　ぜひ！」

　私にしては珍しく、迷いのない決断だった。今までの経験から、恵実さんの腕が信頼できることがわかっているからだ。

　それと、リセットした直後なので、この世界ではまだ振られていないのだが、説明が大変になりそうなので言わないでおく。

「では、切っていきますね」

「お願いします」

　恵実さんはカットしながら、色々な話をしてくれた。

「余計なお世話でしたらすみません」

「いえ。そんなことはないです。むしろ、嬉《うれ》しいです」

「実は私も、大学一年生のときに失恋したんです」

　淡々と話す声に、微《かす》かに後悔の色が混じっているような気がした。

「初めての彼氏でした。高二の夏から付き合い始めて、大学は別々だったんですけど、遠距離というほどでもなかったので、それなりに上手《うま》くやってました。上手くやってるつもりでした」

　彼女の声がトーンダウンする。

「でも、だんだんとすれ違うようになっていって、喧嘩《けんか》も多くなっていって、別れた方がいいねって……。今思えば、どこにでもあるような失恋なんですけど」

当時を懐かしむように、恵実さんは小さく笑う。

「でも、失恋したときは、そうは思えないんですよね。ショックで二、三日寝込みました。そのあとに急に悔しくなって、髪を短くしてやろうって思ったんです。当時は結構伸ばしていて、っていうのも、彼が長い方が好きだって言っていて……。私としても頑張って伸ばしてきたので、切るのはもったいないなとは思ってました。でも、それ以上に、どうにかしてやろうって気持ちがあって……。髪を短くしただけで、どうにかなるわけでもないのに」

話しながらも、恵実さんは私の髪にはさみを入れていく。

「当時、彼に良い腕時計をプレゼントしようとしてて、お金を貯めてたんです。そのお金を全部持って、高い美容院に行きました。それで、バッサリ切ってくださいって言ったら、そのときの担当の美容師さんに、一回落ち着いてください、なんて言われちゃって。きっとそのときの私、すごい顔をしてたんでしょうね」

今のおっとりした雰囲気の恵実さんからは想像もできないエピソードだ。

「それから、どんな髪型にするかを一緒に考えてもらって、実際に切ってもらって……そしたら、すごくスッキリしたんです。ただ勢いのままに短くしていたら、後悔していたような気がします」

まるで、さっきの私みたいだ。

「その日、私は美容師を目指すことを決めたんです。大学を辞めて、専門学校に通い始めました」

「えっ⁉　中退ってことですか？」

突然の衝撃的な展開に、思わず聞いてしまう。

「はい。元々、なんの目標もなく大学に通っていたので、別にいいかな……って。親に事後報告したら、めちゃくちゃ怒られました。ふふ。この話、結構お客さんにウケるんですよ」

その行動力に驚く。私にはとても真似できない。

「もちろん、真鈴さんにそうしろって言ってるわけじゃないですよ」

私の心を見透かしたように、恵実さんは微笑む。

「そんなわけで、真鈴さんが昔の自分に重なって……。それで、余計な口出しをしてしまいました。先ほどはすみませんでした」

「いいえ、全然気にしてないですよ。むしろ、ありがとうございます」

それからしばらく会話をしながら、カットは続いた。

そして数分後。

「どうでしょうか？」

「……なんか、自分じゃないみたいです」

今までとは違う髪型になった自分が、鏡に映っている。

綺麗《きれい》に長さの揃ったボブカット。毛先は緩く内側にカールしていて、とても可愛らしい。

中身は全然変わっていないはずなのに、急にお洒落《しゃれ》になったような気がしてきた。

「やっぱり、真鈴さんにはこの髪型が似合うと思ってたんですよね」

恵実さんは満足そうに言った。

ショートにしたときだって、それなりに可愛くなったと思うけれど、今回の髪型の方がしっくりくる。

「ありがとうございます」

なんだか、気分まで軽くなった気がした。

◆

「真鈴おはよ〜……って、ええっ⁉　めっちゃ可愛くなってるんだけど！」

教室に入るなり、葵衣がハイテンションで近づいてきた。「これは、プロの仕業だな……」とか「このカール具合、模範解答じゃん」とか言いつつ、色々な角度から私の頭を観察する。

「ちょっと。落ち着きなって」

今までだって、新しい髪型を褒めてもらえていたけれど、今回は熱量が違う。

他の人から見ても、やっぱり似合ってるんだ、と安心する。

「落ち着いてなんかいられないよ。真鈴がこんなに可愛くなっちゃってるんだもん！　いったい、どういうことなんでしょうか、真鈴さん」

葵衣がボールペンをマイクに見立てて私の口元に向ける。

三周目では私のせいで葵衣を傷つけてしまい、四周目では勝手に気まずさを感じて、葵衣とは少しだけ距離を取っていた。けれど、この世界の葵衣は、これまでの葵衣とは違うのだ。それに、彼女とはなんでも打ち明けられる親友でありたい。

意を決して、好きな人がいること、その相手が未樹登であることを説明する。

「ええっ！　いつから⁉」

葵衣の大きな声に、すでに教室にいた何人かがこちらを見る。

「ちょっと！　声が大きいって！」

葵衣の声量をどうにかコントロールしながら、私は質問に答える。

やっと普段通りの関係に戻って来られたような気がした。

「真鈴ならきっと大丈夫だよ！　頑張って！」

心から応援してくれる優しい親友を、二度と傷つけるようなことがあってはならない。そう強く誓った。


放課後、未樹登の教室へと向かう。

「はい。差し入れ」

いつものように、紙パックのアイスティーを机に置く。

「ん？　ああ、ありがと」

いつも通りの反応をした未樹登だったが、私の方を見て固まる。

「どうかした？」

「あ、いや……」

と、少し言いづらそうにしてから、未樹登は躊躇《ためら》うように口を開く。

「髪型変えたんだな～って思って」

未樹登の方から髪型に言及したのは初めてだった。

「え、どうした真鈴。すごい顔してるけど」

私は制服の袖口をギュッと握りながら、歯を食いしばる。

「なんでもない」

そうしないと、ニヤけてしまいそうだった。

褒められたわけではない。だけどたしかに、今までとは違う未樹登の反応に、私は喜びを隠せないでいた。

「で、なんか用だった？」

「あ、あのさ……今度、一緒に服買いに行かない？　大学入ったら、私服着て行かなきゃだし。あと、卒業したら未樹登と簡単に遊んだりできなくなるから……。どうかな？」

この辺りの誘い文句も、すっかり慣れてしまった。

「そうだな。じゃあ、どっか行くか」

「ホントに⁉　やった。じゃあ、いつ行くか決めよ！」

「すごい喜ぶじゃん」

笑いをこらえながら未樹登が言う。

「あ、ごめん。つい……」

なんだか、胸の辺りがふわふわしている。髪型に言及してもらえたことが、自分で思っていたよりも嬉しかったみたいだ。


未樹登と買い物に出かけた日。

嬉しさをまだ引きずっていて、私はいつもよりはしゃいでいた。口数も多くなってしまっていた。

「なんか、今日の真鈴、テンション高いけど、熱でもある？」

フードコートで少し遅めの昼食を食べていると、未樹登が心配そうに私の顔を覗《のぞ》き込む。

「そっ、それは……未樹登とこうして話すのが久しぶりだったから、ちょっとテンション上がっちゃって」

また余計なことを口走ってしまう。リセットしたばかりで、本来は未樹登との距離はまだ縮まっていないのに、どう考えても飛ばしすぎている。

「私らしくなかったよね……」

一度落ち着いて、いつもみたいに、ちゃんと考えてから言葉にしなきゃ……。

そう思ったのだが。

「何言ってんの。真鈴は、真鈴でしょ」

「え？」

私は私。

当たり前といえば当たり前だけど、未樹登のその言葉は、心の深いところにスッと刺さった。

「でもたしかに、最近の真鈴は昔と比べて、なんていうか……大人しくなったよね」

「私だって、もう高校三年生だし」

もしもあの出来事がなかったら、私はどんなふうになっていたのだろう。

たまに考えてしまうけれど、上手く想像ができない。

「昔はもっとやんちゃだったのに」

「ちょっと。それを言うなら未樹登だってそうじゃん。あんなに泣き虫だったのに、クールぶっちゃって」

「そりゃ、俺ももう高校三年生なんだし、大人にもなるでしょ」

私の言葉をオウム返しするみたいに、未樹登が反論する。

人は成長する生き物だ。

想像力や社会性が養われて、私たちはどうしても、発言や行動にフィルターをかけてしまう。

それは、誰かを傷つける言葉ではないかとか、それをした結果、損害を被ってしまうのではないかとか、そういった思考によって形成されていて。

本当の自分、とかよく言うけれど、それなら、フィルターがかかった私は、本当の自分でははないのだろうか。そういった思考も含めて、本当の自分ということにはならないのだろうか。

「まあでも、俺の前では、猫被《かぶ》らなくていいから」

未樹登の声で、思考が現実に戻ってくる。

「別に、猫被ってるわけじゃ……」

たしかに、猫を被っているという見方もできるかもしれない。

「じゃあ、ありのままの真鈴でいていいよ、とか？」

「まあ、それなら」

なんだか、ちょっと恥ずかしいことを言われたような気もするけれど、嫌な気持ちにはならなかったし、むしろ嬉しかった。

『今の真鈴は、ただ臆病《おくびょう》になってるだけに見えるな』

葵衣の言葉の本当の意味が、少しわかった気がする。

これまでは、未樹登の理想に近づかなきゃ……と思っていた。

だけど未樹登は、ありのままの私でいていいと言ってくれていて。

思えば、今までだってそうだったような気がする。

二周目で、公園ではしゃぐ私を見たときも。

四周目で、デートの日に寝坊してしまったときも。

未樹登はいつだって、私の全部を受け入れてくれていた。

それなのに私は、自分を飾ることに夢中で、未樹登の理想に近づかなくてはならないと思ってしまっていた。

「ねえ」

デザートのソフトクリームを食べていた未樹登に呼びかける。

「ん？」

「未樹登のこと、もっと教えてよ」

「いきなりどうした？」

「だって、中学のときから、あんまり話さなくなったじゃん」

「まあ、そうだけど」

「その間の未樹登のこと、私はあんまり知らないから、知りたいって思ったんだけど」

「真鈴のことも教えてくれるなら」

「全然教える！　で、何か聞きたいことある？」

「そんないきなり出てこないって」

呆《あき》れたような口調だったけど、表情も声も、ちゃんと柔らかくて。

大丈夫。私はきっと、未樹登との距離を縮められている。

言い聞かせるように、心の中で呟《つぶや》いた。

「次、サバンナコーナー行こ」

私たちは動物園に来ていた。

「ん。何がいるの？」

「シマウマとかキリンとか。あとガゼルやヌーもいるって！」

「へぇ」

あまり興味のなさそうな返事だけど、これが未樹登の平常運転だ。しっかり楽しんでくれていることは、園内マップを見る表情でわかる。

一時間後。私は数匹の白いモフモフに囲まれていた。

「慣れてるね」

ウサギをなでながら、野菜スティックを口に入れていく私に未樹登が言う。

動物にエサをあげられる、ふれあいコーナー。今はウサギの時間で、他にもヤギやモルモットなどがいるらしい。

「友達もウサギ飼ってて、たまにモフらせてもらってるからかも」

「ああ、北嶋《きたじま》さんだっけ？」

北嶋は葵衣の苗字《みょうじ》だ。前に話したことを覚えていてくれて、嬉しい気持ちになる。

「そうそう。最近は葵衣のとこ行けてなかったから、今めっちゃ幸せ」

ふわふわの触り心地がたまらない。スティックを一生懸命かじる動きも最高だ。飼育員さんのお仕事、向いてるかも。でも、大変なこともたくさんあるんだろうなぁ……。なんて考えながら、私はウサギたちにスティックを与え続けた。

「真鈴、そろそろ始まるよ」

この動物園には、クマのおやつタイムというイベントがあり、その時間が近づいてきていた。

「ホントだ。行かなきゃ！」

振り返った私を見て、未樹登が小さく笑う。

「え、何？」

「いや、すごい目がキラキラしてるから。そんなに楽しみなの？」

これまでだったら、浮かれている自分が恥ずかしくて、素直に肯定できなかったかもしれないけれど。

「だって、クマがおやつ食べるんだよ？　楽しみに決まってるじゃん！」

自分でもよくわからない答えに、なんだかおかしくなる。ただ単に未樹登とのデートが楽しいだけだなんて、今はまだ言えない。


告白の日がやって来る。

まるで霧が晴れたように、私は充実した日々を過ごせていた。

今までのように、未樹登に好かれないといけない、といったような考えを、多少は払拭《ふっしょく》できていると思う。

これまで以上に未樹登と近づけたという自信もあった。

「好きです。私と……付き合ってください」

しかし――。

残念ながら今回も、私の恋は叶《かな》わない。

「ありがとう。すごく嬉しい。だけど、ごめん。真鈴とは、友達のままでいたい」

未樹登は苦しそうな表情で目を伏せた。

「……そっか」

気まずい空気が、二人の間を漂う。

「ひとつ聞いていいかな」

「答えられることなら」

「私のことは、好き？」

こんな台詞《せりふ》、一周目の私からは絶対に出てこないだろう。

「…………」

未樹登も、どう答えるか迷っているようだ。困らせてしまうのは申し訳ないけれど、どうしても確かめておきたかった。

「それ以上は何も聞いたりしないから、正直に答えてほしい」

「……うん。好きだよ」

躊躇《ためら》いがちに、だけどはっきりと、未樹登は答えた。

じゃあ、どうして……と、前みたいに取り乱したりはしない。

でも、告白が失敗する理由は相変わらず不明だ。心当たりもない。

これ以上、どうすれば告白が成功するのか、私にはわからなかった。

神社に行くと、小影が石段に座って待っていた。飼い主を待つ犬みたいだったけれど、たぶん口に出したら怒られるので言わない。

「次で六周目だな」

「うん」

私の告白が失敗したことも含め、小影はすべてをわかっているみたいだ。さすが神様といったところだろうか。

「これで八十五回か……。未樹登どのも罪な男だ」

四周目のときも同じようなことを言っていた気がするが、八十五という数字には心当たりはない。しかし後半には同意だ。

「本当にね」

「それより、真鈴どのは大丈夫なのか？」

小影は心配そうに私を見る。五回も失恋しているのだ。大丈夫か、とも言いたくなるだろう。

「なんか、一周回って大丈夫になってきた」

強がりでもなんでもなく、私ははっきりと答える。

だって、ここまでして付き合えないのなら、それはもう、最初から何をしてもダメだったのだ。

むしろ、綺麗さっぱり諦《あきら》められる。

とはいえ、それが悲しくないわけではない。
もちろん、できるだけのことはするつもりだ。
今までよりもずっと前向きな気持ちで、私は六周目へと進むことができる。

髪を乾かして部屋に戻ると、スマホが光っていた。
確認すると、未樹登からのメッセージが届いている。
お風呂《ふろ》に入る前に、未樹登にデートの誘いの連絡を入れていたことを思い出す。
［ごめん］
［来週は引っ越しの準備があるから難しい］
両手を合わせて謝るペンギンのスタンプが一緒に送られてきていた。
［そっか］
［わかった］
残念だけど仕方がない。仕方がないのはわかっているけれど、やっぱり寂《さみ》しい。
「声、聞きたいな……」
もう、未樹登と一週間も会えていない。卒業式の前は、会おうと思えばすぐに会えたのに。
通話してもいい？
そう入力して、すぐに削除する。

引っ越しの準備だって大変なのだろう。あまり面倒な彼女だと思われたくもない。
せっかく付き合えたのに……。
［そろそろ寝るね］
［おやすみ］
寝ているフクロウのスタンプを送信して、私はベッドに横になる。
［おやすみ］
［明日《あした》の説明会、頑張ってね］
すぐに返信が来て、寂しかった心がちょっとだけ温かくなる。
あれ……。明日、大学の入学者向け説明会があること、未樹登に言ったっけ。でも知ってるってことは、きっとどこかのタイミングで話したんだろう。
もうすぐ、私たちは大学生になる。
最初の方はバタバタするかもしれないけれど、落ち着いたらまた、きっと今までみたいに会えるようになる……はずだ。
そうであってほしいと祈りながら、私は目を閉じた。

第6章　最初から望まなければよかった

◆

「本日はどうなさいますか？」

六周目の恵実さんが笑いかける。安心感さえ覚えるようになってきた。

「えっと、どんな髪型がいいかわからなくて、相談に乗ってほしいんですけど……」

普段の私だったら、初対面の人に相談するなんてことはできなかった。だって、その人がどんな人かもわからないのに、信用して痛い目を見たら後悔する。

だけど、恵実さんのことは信頼できる。

何より、未樹登が初めて髪型に言及してくれたのだ。

「思い切って短くしようかと思ったんですけど、えっと……こんな感じの髪型もいいな〜と思ってて……」

スマホを操作しながら、前回提案してもらった髪型に近いものを見つけて、恵実さんに見せる。

「うん。すごくいいですね！　きっと、お客様にとても似合うと思いますよ」

あなたが選んでくれた髪型ですから、と心の中で笑ってしまった。

「お客様は学生さんですか？」

カットしながら、恵実さんは私に話しかけてくる。

どこかよそよそしい気がしてしまうのは、私が恵実さんに何度も会っているからで。彼女かられば、この距離感が正常なのだ。

前回の最後の方には「真鈴さん」と呼んでくれていたのに、今は「お客様」。寂《さみ》しい気もするけれど、もう一度泣いて失恋したことを話すのも恥ずかしい。

「はい。高校三年生です」

「あら。じゃあ、もうすぐ受験だったりするんですか？」

「大学はもう決まってるんです」

「へぇ。優秀なんですね」

「いえ。優秀ってわけではないですよ」

英語が得意だからという理由で英文科に進学するけれど、大学時代の恵実さんと同じで、やりたいことがはっきりと決まっているわけではない。なんとなく英語を使う仕事に就ければいいなぁと思っているくらいだ。

「こんな感じでどうでしょう。もっと短くしておきますか？」

恵実さんが鏡を持って、後ろの方まで見せてくれる。

「いえ。このくらいがちょうどいいです！」

「ふふ。とてもお似合いですよ」

穏やかな微笑みを浮かべる恵実さんに褒められて、なんだか嬉しくなる。

「ありがとうございます。恵実さんのおかげです」

「あれ。どうして私の名前を？」

少し驚いたような恵実さんの声で、失態を犯したことに気づく。まだ名刺をもらっていないのに、恵実さんの名前を呼んでしまった。

「あ、実は……友達から恵実さんのことを教えてもらってて。指名するのもアレかなって思ったんですけど、予約したら偶然、担当が恵実さんだったので……」

慌てて言い訳を作る。まあまあ口が回るじゃん、私。なんて思いながら、これ以上怪しまないでくれ……と祈った。

「そうなんですね。でも、誰だろ。高校生の子で知り合いなんていたかな」

「すみません。この後、友達と遊びにいくので」

嘘がバレる前に、早めに退店しなくては……と、また嘘を重ねる。

「あら、ごめんなさい。じゃあ、名刺だけ渡しておきます。また来てくれると嬉《うれ》しいな」

最後にちょっとだけフランクになった恵実さんの口調に嬉しさを覚えつつ、嘘をついた罪悪感がある手前、素直に喜べない。

「ありがとうございます」

私は頭を下げて、早足で美容院を後にする。

「真鈴おはよ～って、え、めっちゃ可愛くなってる！」

髪を切った次の日、五周目と同じように、葵衣が楽しそうに駆け寄ってきた。

そこからの会話で、好きな人がいること、相手が未樹登であることを明かす。

リアクションを抑えるように頼んでから話したのだが、最後の方はやっぱり声が大きくなっていた。

同一人物だから当たり前かもしれないけれど、毎回同じような反応なのがちょっと面白い。

「いいじゃん。きっと上手《うま》くいくよ！」

「ん、ありがと……」

実際に両想いではあるらしい。それなのに、未樹登はなぜか、私の気持ちに応《こた》えてくれない。

放課後、未樹登と話したときも、五周目と同じように髪型に言及してくれた。

確実に良い方向へと向かっているような気がする。

だけど、何かが足りない。

その『何か』が、果たしてこの一ヶ月で見つかるのだろうか。

そもそも、未樹登と付き合える未来は存在するのだろうか。

弱気になってしまう心を、どうにか奮い立たせる。

リセットから数日後。

どうしても確かめたいことがあり、私はある男子を待ち伏せしていた。未樹登にはバレないように万全の注意を払いながら。

「あの！」

思い切って声をかける。

「未樹登といつも一緒にいる――」

名前はたしか……。

「澁木くん？」

「そうだけど？」

怪訝《けげん》そうな表情を浮かべているが、警戒している様子はない。単純に、見知らぬ人から話しかけられたことを疑問に思っているみたいだ。

彼の方から馴《な》れ馴《な》れしく話しかけてきたのは四周目のことで、そのときは、私が未樹登の幼馴染だとわかっている状態だった。

「あの、私は未樹登の幼馴染の、塚本真鈴です」

「あー、君が真鈴ちゃんか。未樹登から色々聞いてるよ」

澁木くんは、パッと花が咲いたような笑顔を浮かべた。親しみやすさがすごいな……。

「それで、俺に何か用だった？」

「よかったら、放課後に、ちょっとお話ししませんか？」

「え、俺と？」

当然の反応だろう。慌てて私は理由を付け足す。

「未樹登のこと、教えてほしくて」

普段だったら、ほぼ初対面の男子に話しかけるなんて恐ろしいことはしないのだけど、少しでも、告白が成功する確率を上げておきたかった。


学校から少し離れたカフェで、私たちはテーブル席に向かい合って座っていた。

「ごちそーさまでした。ってか、マジでおごってくれんの？」

コーヒーゼリーを食べ終えた澁木くんが、両手を合わせて軽く頭を下げた。言葉遣いと所作のギャップがなんだか面白い。

「ちゃんと質問に答えてくれるなら、その情報料ってことで」

「もちろん」

と、澁木くんは親指を立てる。なんだか共犯者っぽくて、ちょっとワクワクする。

私はまず、未樹登への恋心を打ち明けてから、質問をした。

「ってわけで、未樹登に告白をしようと思ってるんだけど……」

勢いで話し始めたけれど、だんだん恥ずかしくなってきた。

どうして私は初対面も同然の男子に恋愛相談をしているんだ……。

普段の私だったらあり得ないけれど、もうなりふり構っていられない状況なのも事実だ。

「未樹登は……その、私のことをどう思ってるのかな～って」

それに、四周目の彼は自ら進んで未樹登の気持ちを当事者である私に暴露していた。普通に迷惑な人だけど、ここまできたら利用してやろうと思う。

予想通り、澁木くんは簡単に口を割った。

「まず、穂高が真鈴ちゃんのことを好きなのは確定。そのうえで、心配なことがあって、なかなか踏み切れないでいる……って感じかな」

澁木くんの答えに安心した。

やっぱり未樹登も、好意を持ってくれているみたいだ。

というか、秘密主義的なところがある未樹登からそういう話を聞き出せるのは相当すごいと思う。未樹登が澁木くんにそれだけ心を開いているのか、あるいは、澁木くんが鋭すぎるのかもしれない。なんとなくだけど、後者のような気がする。

「その、心配なことって？」

「卒業したら、遠距離になるんだよね？」

「そう……だね。まあ、そこまで遠いわけじゃないけど」

それに『遠距離』などという、付き合っているかのような表現をされたけれど、私たちの関係はまだ恋人ではない。が、そこが本筋ではないので素直にうなずいておく。

「あいつ、それを気にしてるっぽいんだよね。俺だったら、そんなの付き合ってから考えるけどなぁ」

「じゃあ、未樹登は、付き合った後のことが心配になってるってこと？」

「直接聞いたわけじゃないから、確実ではないけれど、たぶんそう」

「…………」

付き合ってからのことまで考えてくれているというのは、すごく嬉しいけれど、それが理由で恋人になれないのなら、そんなに悲しいことはない。

だって、まだ実際に付き合ってもいないのだ。

もちろん、今の話は澁木くんの所感であり、確実だと決まったわけではないが。

「ま、穂高はああ見えてすっげー真面目だからな～」

私は、距離が遠くなってしまうから、特別な関係になりたいと思っていたのに。

未樹登は、距離が遠くなってしまうから、特別な関係になるのが怖いと思っている。

恋愛のままならなさに、私は打ちのめされそうになる。

◆

告白する日の前日。夕方に未樹登から呼び出される。

同じような状況を何度も経験してきたけれど、やっぱりドキドキしてしまう。

「真鈴」

未樹登の真剣な声が、鼓膜を震わせる。

「ん？」

「俺らってさ、もうすぐ大学生じゃん」

「うん」

「だから、学校で話したり、こうして気軽に会ったり、そういうことができなくなると思うんだけどさ。たまに、会いにいってもいい？」

これまでは、未樹登の言葉がただ嬉しかった。けれど、今ならわかる。未樹登なりに、しっかり悩んでいたのだ。

「ゴールデンウィークとか、お盆とか、たぶんこっちに帰ってくると思うんだけど、そのときに、真鈴に会えたらいいなって……思って」

改めて観察すると、未樹登にいつもの余裕そうな態度はなく、弱気になっていることがうかがえる。

澁木くんの言う通り、未樹登はきっと不安なのだ。感情を表に出さないからわかりにくいだけで、未樹登も十八歳の高校生だ。

「ごめん。変なこと言った。今の、全部忘れて。やっぱりさ、環境が変わるってこともあって、ちょっと不安になってんのかも」

今までは、そのまま会話を終わらせてしまっていたけれど、未樹登の言葉を、なかったことにしたくない。

ここで曖昧《あいまい》にするのは、たぶんダメだ。

「会いに来てよ」

なんて、少し大胆なことを言ってしまう。でもきっと、このくらいがちょうどいい。

『というかさ、真鈴はどうしたいの？』

葵衣の言葉が、頭の中に反響する。

「私も、一人暮らしするとしたら、すっごい不安になると思うし。だから、会いに来てよ」

「……真鈴」

「距離が遠くなったとしても、私は未樹登とつながっていたい！」

作り物ではない私の本心が、喉《のど》の奥からこぼれる。

「会いに来られないなら、連絡してよ。用事がなくても、なんでもないことでも、とにかくなんでもいいから」

「わかった。そうする」

「うん。そうして。それに、私も会いにいく。だから、不安に思わなくて大丈夫」

真っ直ぐに目を見て、はっきりと口にする。

思ったことを全部伝えたからか、私の心はどこかふわふわしていた。

「……あのさ、真鈴」

「ん？」

「ありがとう」

その何気ないひと言に、色々なものが込められている気がして。

心が幸せで満たされる。

これで、未来が変わったかもしれない。

そんな手ごたえがあった。

何回もそう思って、そのたびに失恋しているので、説得力はないかもしれないけれど。

未樹登に告白すると決めてから、彼のことをたくさん知ってきた。

なかなかつかめなかった未樹登の生態も、六ヶ月分の時間を費やして、かなりわかってきたと思う。

少しうつむいて額を小指でかくのが、嬉しいときの癖。

あまり喋《しゃべ》らなくなることがあるが、決してイライラしているわけではなく、ただ眠いだけのことが多い。

一方で、自分の傲慢《ごうまん》さにも反省してばかりいる。

未樹登のことなら、なんでも知っていたつもりだったのに。

繰り返す一ヶ月の中に、私の知らない未樹登がたくさんいた。

距離が離れてしまった数年間。その間に未樹登が積み重ねてきたものは、私が思っていたよりも大きいのだと、改めて思い知らされた。


六周目の告白の日。

私は怖いくらいに落ち着いていた。

失敗したらどうしようとか、また振られてしまうかもしれないとか、そういったことは一切思わなかった。

できることはすべてやった。

あとはもう、祈るだけだ。

「好きです。私と……付き合ってください」

頭を下げて、未樹登の言葉を待つ。

「ありがとう。すごく嬉しい」

ここまでは同じ。まだ判断はできない。

次に続く台詞《せりふ》は、果たして――。

「よろしく……お願いします」

それは私が待ち望んだ言葉で。

だからこそ、すぐには信じられなくて。

思わず顔を上げて、確認してしまった。

「本当に言ってる？」

「当たり前でしょ。それとも、今の真鈴の告白が嘘だった？」

「そんなわけない！」

「じゃあ、その……そういうことで」

「あ……うん」

お互いに顔を見られなくなって、下を向いたまま会話をする。

「なんか言ってよ」

「だって……」

嬉しすぎて、何か言えば、一緒に涙まで出てきてしまいそうだったから、私は口をつぐむことしかできなかった。

「これから、よろしくお願いします」

「こちらこそ、よろしくお願いします」

思わず敬語になってしまったやり取りに顔を見合わせて、二人で同時に笑った。

◆

高校を卒業した私たちは、晴れて自由の身となった。

とはいえ、未樹登は一人暮らしの準備などもしなくてはならないため、頻繁に会えるわけではない。

私と未樹登が付き合い始めたという情報は、ものすごい速さで広まった。

卒業式当日のクラス会で、葵衣をはじめ、何人かの仲の良いクラスメイトには報告したのだが、すでに噂になっていたらしい。

別に隠すことでもない。堂々としていよう。もう高校に通うこともないし、大半の同級生とは関わりもなくなる。

そう思っていたはずなのに、いざ広まると怖かった。


卒業式の数日後。受験を終えた葵衣とご飯に行く約束をしていた。

出かける途中で偶然、街中で同じ高校の集団を見かけた。

そのうちの一人と目が合う。二年のときに同じクラスだったけれど、接点のなかった女子だった。

私の方を見て、何かを話している。

ねえ、あの子じゃない？　穂高と付き合い始めたのって。そうなんだ。フツーの子だね。

そんな声が聞こえてくるような気がした。

もしかすると、もっと酷《ひど》いことを言われているかもしれない。

どうしてあんなやつが、とか、全然つり合ってないじゃん、とか。

そうやって、被害妄想が広がっていく。

たしかに私は、誰もが振り返るような美人でもないし、目立つ方でもない。

クールで格好良い男子の彼女にふさわしいのは、可愛くてお洒落《しゃれ》で、クラスでも人気のキラキラした女の子だ。

私がそれに当てはまるとは、自分でも思っていない。

未樹登につり合っていないということは、自分が一番わかっている。

悔しいというよりも、申し訳ないという気持ちが大きかった。

誰にも文句を言われないように、未樹登の彼女として、恥ずかしくない人間にならなくては……。

「真鈴、眠そうだね」

食事を終え、大きなあくびをした私に、葵衣が心配そうに言った。

「うん。ちょっと、昨日は遅くまで起きてて……」

「勉強でもしてたの？」

「まあ、そんなところ」

嘘ではない。流行《はや》りのファッションやメイクを研究していた。動画投稿サイトで再生数の多い解説動画を二倍速で視聴し、ＳＮＳで人気の美容系インフルエンサーをたくさんフォローした。

そんなことをしたって、突然変われるわけではないけれど、せめて未樹登の隣にいて恥ずかしくないような女の子になりたいから。

「すごいね。私も大学の勉強、頑張らなくちゃ。まあ、受かってたらの話だけど」

大学の勉強をしていたわけではなかったので、少しきまりが悪かった。

「葵衣ならきっと大丈夫だよ。だって、すごく頑張ってたじゃん」

根拠のないありきたりな言葉で励ますことくらいしかできない。

「ありがとね。受かってるといいなぁ」

　葵衣の頑張りが、どうか実っていますように。心で強く願った。

　頑張っていたのだから、良い結果が出る。

　そんなのはただの理想論だとわかっているけれど、報われてほしいと願うのは間違いではない。

　それはそのまま、恋愛にも言えることだ。

　努力が必ず報われるとは限らない。

　幸せだったはずの日々は、徐々に雲行きが怪しくなってくる。

「真鈴、ちょっと無理してない？」

「え？」

　私たちが恋人同士になってから、二週間が経っていた。

「なんか、上手く言えないんだけどさ……最近、真鈴が真鈴じゃないみたいに感じるときがあって」

「そう……かな」

　付き合ってからのことを言っているのであれば、それはきっと正しい。

　おそらく、もう失敗ができないからだ。

　リセットの回数はまだ一回残っている。しかし、戻るのは一ヶ月前だ。今までと同じように、恵実さんに髪を切ってもらうところからスタートするわけではない。

だから、未樹登と恋人同士になれたこの世界で、絶対に失敗だけはしないように、私は生きていかなければならない。

慎重になるのも当然だ。

「無理して、俺に合わせなくて大丈夫だから」

未樹登の言葉は間違っていない。無理をしているかどうかはわからないけれど、未樹登の恋人にふさわしくなろうとしていたのはたしかだ。

でもそれは、未樹登だってそうじゃないか。

何か言いたげな雰囲気を時おり感じることがあるけれど、結局、何も言わずに終わったり、無難な話に持っていかれてしまったりする。

「大丈夫。ごめんね、心配かけて」

そうは言ってみたけれど、強がりの笑顔も、きっと未樹登には見抜かれている。

ここで、言葉通り受け止められたらきっと楽なのだろう。

だけど、六周目でようやくつかんだ幸せなのだ。

何があっても、手放したくなかった。

どうすればいいのだろう。

いや、どうすればいいかなんて簡単だ。

もっとありのままの自分を見せればいい。

思った通りの言葉で話せばいい。

たったそれだけのことが、どうしようもなく怖かった。

もし、嫌われてしまったら。

もし、失望されてしまったら。

不安に蝕《むしば》まれた心は、言葉も行動も縛りつけてしまう。

自分らしく振る舞おうとすればするほど、上手くいかない。

「どうしよう……」

自室のベッドで、私は呟《つぶや》く。

また、これまでと同じような間違いを犯してしまっている。

◆

付き合い始めてから三週間。私たちの関係性はギクシャクしていた。

デートをするときに、ネットの評価を気にして行き先を選んだり、本当に言いたいことを言えないでいたりと、慎重な性格が悪い方向に働いている。

ありのままの私を、未樹登はちゃんと受け入れてくれる。

頭では理解できているはずなのに……。

それに、未樹登だって本当の自分を出してくれているとは言えないと思う。

彼の心を何重にも覆っている分厚い布を、私はまだ、一枚もはがせていない。

お互いの深いところがわからない。表面だけの関係になってしまったように思う。

友達だったときの方が楽しかったのではないか、なんて考えてしまう。

これではなんのために付き合ったのかわからない。


待ち合わせ場所で、ボーッと空を眺めながら未樹登を待つ。

四月に入り、私も未樹登も大学生になった。サークルの勧誘や履修登録など、新しいことだらけで、それなりに忙しい。

午前中に未樹登の方に別の用事があるため、駅前で落ち合う流れになった。

いつだって、未樹登とのデートは楽しみだ。それは間違いないけれど、不安だってある。

未樹登とのデートや通話が終わるたびに寂しさを感じる。だけど同時に、何事もなく終わって安堵《あんど》している自分もいた。

大きな失敗はせずに済んでいるが、小さな違和感が積み重なって、私たちの仲は良好とは言い難かった。

未樹登のことが好きなはずなのに、好きだからこそ、上手くいかない。

『好きだから、このままでいたいんだ』

その言葉の意味が、やっと理解できた気がした。

未樹登と恋人同士になってからの私は、反省してばかりだった。

このままでは、いつか愛想を尽かされてしまうのではないか。

心に芽生えた不安が、どんどん大きく育っていく。

「お待たせ」

未樹登が改札から出てくる。

「相変わらず早いな」

未樹登にとっては何気ないひと言だったのだろう。

私も、いつもだったら特に何も感じることなく受け止められていた。

「もう少し、遅く来た方がいいかな」

私が待ち合わせ場所に早く到着することが、未樹登の負担になってしまっているかもしれない。実際、今だって待ち合わせ時間の十五分前だ。私が早めに着くことを見越して、未樹登も早めに着くようにしているのなら、いっそ時間通りに来る方がいいのだろうか。

そういう意図の発言だった。

ところが未樹登は、そう受け取らなかったらしい。

「別に、そういうつもりで言ったんじゃないんだけど……」

彼の声に込められた、ほんのわずかな苛立《いらだ》ちに、喉の奥がキュッと締まる。

「ごめん……」

お互いに黙り込んでしまい、気まずさが漂う。

「俺の方こそごめん」

しばらくして、未樹登が言った。

私は何を言えばいいかわからず、小さく「うん」とうなずくことしかできなかった。

ちょっとした意見の相違があって、平和に仲直りをしただけに見えるかもしれない。

その裏側にはきっと、私も未樹登も言いたいことがたくさんある。

だけど、さらに空気が重くなってしまうのが怖かったから、私は口をつぐむことしかできなかった。

もうすぐ付き合ってから一ヶ月だ。

今はまだ、ぎこちないかもしれないけれど、私たちはきっと上手くいく。

そう信じていた。

そう信じていないと、ダメになってしまいそうだった。

◆

付き合い始めてからちょうど一ヶ月が経った。

ちょっとだけ背伸びをして、雰囲気の良いお店で晩ご飯を食べた。

その帰り道のことだった。

「ねえ、真鈴」

「ん？」

少し重めのトーンで、未樹登は言った。

「俺と付き合ってて楽しい？」

心臓が強く鳴った。私の頭が最悪の展開を勝手に予感して、寒気に襲われる。

「いきなりどうしたの？　楽しいに決まってるじゃん」

どういう意図で、未樹登はそんな質問をしてきたのだろう。未樹登の意図にうっすらと気づいているけれど、必死でわかっていないふりをして、どうか杞憂《きゆう》であってほしいと願う。

「本当に？」

向けられた未樹登の表情は、ひどく悲しそうなものだった。その瞳《ひとみ》が、私の心の奥底を見ているようで、少し怖いと思ってしまった。

「ほ、本当だよ」

「俺には、真鈴が無理してるように見えるよ」

「そんなことないって。この前も言ったけど、私、未樹登とこうして付き合えて、本当に幸せなんだよ」

「…………」

未樹登は目を細める。近くで見ないと気づかないくらいの、小さな表情の変化で、彼が私の言葉を疑っているのだとわかってしまう。

「だから、少しは背伸びだってしちゃう。未樹登はいつも落ち着いてて……そういう人の彼女になったからには、ちゃんと彼女としてふさわしくありたいって……そう思ってる」

「それって、無理してるってことじゃないの？」

「未樹登……」

「今話してるのって、本当に、真鈴の言葉なの？　百パーセント、真鈴の気持ちなの？」

「私、は……」

未樹登と付き合ってから、自分が自分じゃないみたいで、どこか気持ち悪かった。それを指摘されて、言葉に詰まってしまう。

未樹登はちゃんと、ありのままの私を受け入れてくれようとしているのに……。

「俺には、付き合う前の真鈴の方が、楽しそうに見えたし、幸せそうにも見えた」

「そんなこと――」

そんなことはないと、言い切れるのだろうか。

「付き合って不幸になるのなら、最初から、友達のままの方がよかったなって……思う」

未樹登は苦しそうな表情で、言葉を絞り出す。

「違う！」

反射的に出た言葉は、根拠のない否定で。

「だから、さ――」

「待って！」

聞きたくない。

耳を塞《ふさ》ごうとしたけれど、間に合わなかった。

「別れよう、真鈴」

未樹登の口から発せられたのは、私が最も聞きたくなかった言葉で。

嫌だ。せっかく付き合えたのに、別れるなんて、絶対に嫌だ。

だけど同時に、肩の荷が下りた、と感じてしまったのも事実だ。

これでもう、プレッシャーを感じなくていい。周りからの目に怯《おび》える必要もない。未樹登に嫌われてしまうから、と自分を偽らなくてもいい。

そう思ってしまった自分自身の醜さが、私の心をさらに深く沈ませる。

「ごめん」

その場に立ちすくむ私を置いて、未樹登はそのまま歩き始めた。

やっと特別な関係になれたと思っていた、大切な幼馴染の背中を見送る。

声を出すことも、追いかけることもできなかった。

『俺と付き合ってて楽しい？』

その質問に対する自分の答えは、本当に正しかったのだろうか。

本当に心から、未樹登との関係が楽しいと言えるか。

一度それを考え出してしまうと、何もかもが嘘に思えてきてしまう。

未樹登に、嘘をついたことはなかったか。

自分の気持ちを取り繕ったことはなかったか。

付き合えたら、それで幸せになれると思っていた。

一ヶ月前までの私は、どこまでも楽観的だった。

少し考えればわかることだ。

永遠の愛を誓った夫婦だって、離ればなれになることがあるのに。

ただの子どもである私たちが、ずっと一緒にいられる保証なんてどこにもなかったのだ。

そんなことを考えていると、いつの間にか家に到着していたようで、母親に「どうしたの。そんな暗い顔して」と心配された。

「なんでもない」

それだけ答えて、自室のベッドに寝転がる。

何が間違っていたのだろう。

何回も挑戦して、やっと未樹登と付き合えたのに。

最後は、同じ結果になってしまった。

未樹登との日々を思い返すと悲しくなってくる。そんなことはわかりきっているのに。

楽しかった思い出があふれてきて、全然止まってくれない。

「っ……うぅ……」

枕に顔を押し付けて、声を殺して泣いた。

こんなことになるくらいなら、最初から望まなければよかった。

片想いのままで、終わらせておけばよかった。

好きになんて、ならなければよかった。

深い絶望の中で、心がバラバラになってしまいそうだった。

◇

「……最低だ」

小さく呟きながら、未樹登は歩を進める。

自分から別れを切り出したはずなのに、心がひどく傷ついていた。

真鈴だって傷ついた。いや、傷つけたのは自分だ。

だから、悲しむ権利なんてない。

未樹登は心の内側で渦巻く黒い感情に耐えながら、目的地へと向かって歩いていた。

『別れよう』

そう言った瞬間の真鈴の絶望的な表情が、未樹登の脳裏をよぎる。

悲しんでくれたことにホッとして、そう思ってしまう自分自身に腹が立った。

きっと真鈴は、今ごろ泣いている。

彼女のすぐそばにいたかったけれど、悲しませた張本人にそんな資格などあるはずもない。

どうして、こんなことになってしまったのだろう。

人智を超えた力に頼るから、バチが当たったのかもしれない。

目的地に到着した未樹登は、鳥居をくぐる。

神社の石段に座り、ため息をついた。

「今回もダメだったの？」

狐の姿をした神——華葉《かよう》が言う。

「うん。だから、またリセットしてほしい」


華葉と出会ったのは、今年の一月だった。

ある日の放課後。近所の神社を訪れた。

気づけば、落ち込んだときや何かに行き詰まったときは、この場所に来るようになっていた。

幼い頃に真鈴とよく遊んだ、思い出の場所でもある。

ぶどうのグミを食べていると、足元に狐がやって来た。

「ほしいのか?」

グミをほしそうな目でこちらを見ていたので、未樹登は聞いてみる。

まさか神様だとも思わずに。

狐は器用に、未樹登の手からグミを食べた。

「ねえ」

「ん？」

突然の呼びかけに、未樹登は周囲を確認するが、人影は見当たらない。

「ここよ、ここ」

頭に直接響いてくるような声だ。

「もしかして……」

と、狐の方を見ると、狐も未樹登をじっと見つめていた。

「グミ、美味《おい》しかったわ。ありがとう」

「……あ、ああ。それはどうも」

頭がついていかず、間の抜けた返事をしてしまう。

「あら、ごめんなさい。いきなり話しかけたらびっくりしちゃうわよね。私は華葉。ここの神様をしてる狐よ」

「神様……」

「そう。神様」

誰かのいたずらかとも考えたが、こんなに手の込んだことをする人間に心当たりもない。

しかし、だからといって信じられるわけでもなく、未樹登はこの状況をどう受け入れればいいのかわからなかった。

「ところで、浮かない顔をしてたみたいだけど、どうかしたの？」

感情をあまり表情に出さないようにしているので、そう言われるのは新鮮だった。

「別に。ちょっと、自分の情けなさが嫌になっただけ」

「話してごらんなさいよ」

どうして悩み事を狐に話さなきゃならないんだ、と思ったけれど、友人や家族に打ち明けるのは、なんだか抵抗がある。悩みを吐き出す相手として、正体不明の自称神様というのは、案外ちょうどいいのかもしれない。

「……好きな人がいて、その人が大学に合格したって話を聞いたから、今日の朝、話しかけたんだ」

「あら。素敵じゃない」

「でも、おめでとうって伝えて、そこからちょっと話して終わり」

合格おめでとうと言ったときの、真鈴のぽかんとした顔を思い出して、自嘲《じちょう》気味に笑う。

「もっと色々なこと、話したかった。卒業したら、今みたいに近くにいられなくなるから……」

改めて言葉にすると、強烈な羞恥心《しゅうちしん》が湧いてきた。

「うふふ。青春！って感じでいいわね。でも、まだ卒業までは時間があるじゃない」

「そう……だけど、何をきっかけに話せばいいかわからなくて」

真鈴との距離が開いた数年のブランクは大きい。彼女といつも一緒にいたあの頃には、どうしたって戻れない。

「そんなの、なんでもいいじゃない」

「………」

なんでもいい、が一番困るのだ。

「お悩みのようね。なら、グミのお礼をしてあげる」

「お礼？」

「そう。三十日間、時間を戻すことができるの。今日の朝にだって戻れるわ。どうかしら？」

「そんなこと、できるわけ……」

　言いながら、そもそも狐が喋るわけがない……と未樹登は思う。

「信じられないかもしれないけれど、できて困るものじゃないでしょう。あなたなら悪用もしなそうだし」

　華葉はどこか楽しそうに言う。

「まあ、今じゃなくてもいいわ。ここに来れば、いつでも時間を戻せると思っておいて。一ヶ月分、六回ね」

　未樹登が何か言う前に、華葉は「じゃ、またリセットしたくなったら教えてね」と、どこかに行ってしまった。


　結局、その日は何もせずに家に帰った。

　時間を戻せるのが本当なら、真鈴に話しかけてみてもいいかもしれない。彼女が嫌がれば、リセットすればいいだけだ。

　でも、もしも戻せなかったら……？　確かめるために、一度リセットしてみようか。

　そんなふうに考えて、身動きが取れなくなってしまう。

だから、それからしばらくして、真鈴の方から話しかけてきたときはびっくりした。

髪型を変えてお洒落になった彼女に、未樹登は目を奪われた。

一緒に買い物に行こうという提案に舞い上がった。

そのときにはすでに、生意気な狐の神様や、時間を戻せる力のことは、頭からすっぽりと抜けていた。

積極的になれないことに自己嫌悪を抱きつつ、未樹登は真鈴との仲を深めていった。

そしてついに、真鈴から呼び出されて告白された。

思えば、その瞬間が幸せのピークだったように思う。

バカみたいだ。

想い続けていた女の子から告白されて、浮かれて、付き合うことになって。

それからは、何もかもが上手くいかなかった。

どこか上滑りしたような、ぎこちない言葉を、お互いに優しく交換して。

まるで、恋人という役割を、無理やり演じているみたいだった。

次第に、真鈴がつらそうな表情を浮かべることが多くなっていく。

彼女を苦しめてしまっていることに、未樹登も苦しんでいた。

そうして、恋人同士になってから一ヶ月後、未樹登は真鈴に別れを切り出して、リセットをした。驚くべきことに、華葉が神様だというのは本当だったらしい。

二周目、三周目と、同じように真鈴からの告白に応えて、恋人同士になった。

だけど、ボタンを掛け違えたシャツみたいに、二人の恋は上手くいかなかった。

そのたびに、未樹登は真鈴に別れを告げ、時間を戻す。

「ねえ。疑問なんだけど、どうしてわざわざ別れたあとにリセットしにくるわけ？　慰めるのも面倒なんだけど」

華葉の言う通り、わざわざ別れを選択する必要はない。真鈴に黙ってリセットをすればいいだけだ。

でも――。

「そうしないと、意味がないんだ」

この過ちを、不甲斐《ふがい》なさを、痛みを、胸に強く刻みつけなくてはならない。

真鈴との別れを経験するたびに、未樹登は思う。

どうして、こんなにも上手くいかないのだろう。

幼少期の未樹登と真鈴は、何も偽ることなく、隠すことなく、お互いの全部を理解し合えていたはずなのに。

今は二人とも、大人に近づいてしまった。

外側から見た自分を意識するようになった。

誰かに望まれた役割をこなしていくようになった。

嫌われたくない。失望されたくない。そう思って、どんどん嘘の自分ができ上がっていった。

本当の自分でいようと思っても、本当の自分がわからなくなっていた。

感情を素直に表に出していた昔の自分が、心底うらやましかった。

◇

「わかってるの？　次が最後のチャンスだって」

華葉が高圧的な口調で言う。見た目がかわいらしい狐なので、あまり怖くはない。

「わかってる」

「あんた、告白を断ろうとしてるでしょ」

「………」

「ちょっと。なんか言いなさいよ」

図星だった。

何度やり直しをしても、真鈴に苦しい思いをさせてしまう。

それなら最初から、付き合わなければよかった。

その結論に達するのは、未樹登にとって必然だった。

「神様ってのは、人間の心まで読めるのかよ」

「まぁ、私は別に、あんたの恋が上手くいってもいかなくてもいいんだけど、このままじゃ真鈴ちゃんがかわいそうよ。あんたにとってはリセットした直後かもしれないけど、あの子にとっては、思わせぶりなことを言われた翌日なんだからね」

それは未樹登も理解していた。

今、リセットをしたとしても、戻れるのは真鈴に告白される日だ。

お互いに、好き同士であることもわかっている状態。前日には、むしろ未樹登の方から告白まがいの言葉を口にしてしまっている。

華葉の言っていることはもっともだった。

「だから、断るんだ」

「はぁ？」

「だって、もう六回もやり直してるのに、一回だって上手くいってない」

未樹登はこれまでのループを思い返す。

『ごめんね』

真鈴はよく、未樹登に対して謝ってきた。

何も悪いことをしていないのに、まるで、親に叱られる子どものような表情で。

『ううん。大丈夫』

大丈夫だから、そんな顔をしないでほしい。楽しそうにしていてほしい。言葉の裏側に忍ばせた気持ちは、彼女に伝わっただろうか。

そういう出来事が、何度もあった。

真鈴は変わってしまった。

付き合う前にも感じていたけれど、付き合ってみると、それがよくわかった。

真鈴は昔に比べて、失敗に敏感な人間になっていた。

病的というほどでもないけれど、かなり神経質なところがある。

不安そうな顔をすることも多かった。まるで、自分の言動が正しいのかを確かめるような彼女の視線を受けて、未樹登はどうすれば安心させられるのかを考えた。

会話の中で、言葉を選んでいるのだろうと感じることもあった。

本音をそのまま口にしてくれてもいいのに、と何度も思った。

嫌われたくないという気持ちの表れだと、ポジティブに考えることもできるけれど。

それ以上に、信頼されていないような気がして、少し悲しい気持ちになった。

真鈴は、周囲からの目も気にしていた。

『未樹登の彼女としてふさわしい人にならなくちゃ』

『隣にいて、恥ずかしくないようになりたい』

そういう発言もあった。

未樹登自身は、ただ真鈴と一緒にいられれば、それだけでよかった。

彼女につらい思いをさせているような気がして、そういう台詞を聞くたびに、胸が痛んだ。

そして、未樹登自身も変わってしまっていた。

自分の感情を表に出すことが、いつの間にかできなくなっていて。

楽しいはずなのに、素直に笑えなくなった。

大げさに表現したとしても、なんだか嘘みたいになってしまうような気がして。

どうにか取り繕いながら、自分の気持ちを上手く真鈴に伝える方法を探していた。

ひとつひとつは大したことではない。だけど、それがたくさん積み重なって、二人の関係性はゆっくりと崩れていった。

それが六回も繰り返されれば、嫌でもわかってしまう。

どうあがいても、この恋は上手くいかないのだと。

しかし、この神様はそうは思わないらしい。

「次も上手くいかないなんて、どうして決めつけるのよ。七回目は違うかもしれないでしょ。そういう歌もあるじゃない。どういう曲だっけ」

「たぶん、結構昔の曲だと思う」

「……私にとってはつい最近よ」

何年生きてると思ってるの、と理不尽なお叱りを受ける。

「とにかく、上手くいく保証はない。上手くいかなかったとしても、もうリセットできない。それに――」

別れを告げたときの、彼女の悲しそうな表情を思い出して、心がギュッと痛む。

「真鈴が幸せになれないなら、俺の自己満足で振り回すわけにもいかない」

「本当に、真鈴ちゃんのことが大切なのね」

呆《あき》れたようにため息をついて、華葉は言った。

「大切だよ」

未樹登が躊躇《ためら》うことなく口にすると、華葉は驚いたように黙り込む。

そういった反応は、少なくとも未樹登の前では初めてだった。

「真鈴はずっと、俺にとって特別だから」

◇

思い出すのは、いつだってあのときのことだ。

小学一年生のとき。

未樹登は自分の席で、背中を丸めて泣きそうになっていた。

「みきとくん、どうしたの？」

真鈴がそれに気づいて、声をかけてくれる。

「……宿題のノート、忘れた」

昨日、宿題を終えた後、ランドセルにしまうのを忘れてしまったらしい。

「先生に正直に言えば、大丈夫だよ」

「でも……」

怒られてしまうかもしれない。クラスメイトたちもほとんどが登校していて、目立ってしまうという恐怖もあった。とはいえ、このままだと宿題を提出するときに忘れたことが明らかになってしまう。だから、報告するなら今がチャンスなのだが、どうしても、立ち上がる勇気が出ない。

「あ、先生来たよ。ほら、いっしょに言いにいこ！」

真鈴はそう言って、笑って手を引いてくれた。

結果的に「気をつけてね」と優しく言われただけで済んだが、真鈴が隣にいてくれなかったら、その場で泣いてしまっていたかもしれない。未樹登はそのくらい繊細な子どもだった。

「困ったら、またいつでも言ってね」

彼女は眩《まぶ》しい笑顔で、躊躇うことなく断言する。

「私はずっと、みきとくんの味方だから」

そのときの真鈴の頼もしさを超えるものに、未樹登はまだ出会ったことがなかった。

真鈴はたしかに、未樹登にとってヒーローだった。

今にして思えば、とても些細《ささい》な出来事だ。小学生の微笑ましいエピソードとして、ありふれたものかもしれない。

だけど当時の未樹登にとっては、一生忘れられない記憶だった。

胸の高鳴りの名前が恋なのだと気づいたのは、もっと後になってからだけど。

きっと――あの一瞬で、未樹登は恋に落ちた。

未樹登が真鈴と距離をとることを決めたのは、十二歳のときだった。

二人は小学六年生になっても行動を共にしていた。

一緒に登校し、別のクラスの真鈴と、ドアの前で別れて教室へ入る。

「また二人で仲良く登校かよー」「アツアツじゃん!」

無邪気な声に顔をしかめる。

真鈴と仲良くしていることを、クラスメイトたちにからかわれていた。

男と女の差を意識し始めて、異性と親しくしている人間を排斥しようとする。

小学校高学年というのは、ちょうどそういう時期だった。

からかっているのは一部の男子だけだ。そんなやつらに何か言われただけで、行動を変える必要はない。

そう考えた未樹登は、変わらずに真鈴と仲良くし続けた。クラスメイトに何かを言われるのは嫌だったけれど、真鈴の方が大事だったから。

真鈴も気にする様子はなく、未樹登と接し続けてくれていた。

真鈴のことが大切だった。恋だとか愛だとか、そういうことはわからなかったけれど、ずっと一緒にいられるのだと、本気で思っていた。

その考えが間違いだと気づいたのは、夏休み明けの九月だった。

真鈴とゲームをする流れになり、一緒に帰ろうとしていたときのこと。

「ごめん。教室に筆箱忘れたから、ちょっと教室戻るね。先帰っててもいいよ」

「俺も一緒に行くよ」

「ありがと」

教室の中から、話し声が聞こえた。

「あいつ、また穂高と一緒に帰ってたよ」「やっぱり付き合ってんじゃん」「ただの幼馴染とか言ってたけど、絶対違うよね～」

直接名前を出していたわけではなかったけれど、どう考えても真鈴のことだった。

教室のドアを開けようとした真鈴の手が止まる。

「……やっぱ、また今度でいいや」

そう口にする真鈴の笑顔は、明らかに作られたものだった。

「ってかさ、真鈴ってウチらのこと下に見てるよね」「めっちゃわかる！　調子乗ってる感じある」「正義のヒーローぶってるってか、良い子ちゃんアピールみたいな？」「それ！」

聞くに堪えない会話が、ドアの向こうで交わされる。

真鈴はそんな人じゃない。教室に入っていって、そう言いたかったけれど、それをしてしまったら、もっと酷い事態になってしまいそうで。未樹登の体は動いてくれなかった。

こんなにも陰湿な悪意が、学校という身近な場所に存在することを、彼は今、初めて知った。

「行こ。未樹登」

困ったように笑いながら、真鈴は促す。

そのときの未樹登には、彼女の後ろを黙ってついていくことしかできなかった。

「大丈夫だよ」

帰り道に、真鈴が呟いた。自分自身に言い聞かせているような口調だった。

「今日みたいなことって、結構あるの？」

「うーん。まあ、なくはないかな」

その答えに、未樹登は愕然《がくぜん》とした。

これまでも、未樹登の見えないところで、真鈴は傷ついてきたのだ。

「ごめん……」

「どうしたの？」

「だって、俺のせいで、色々言われてるから」

「別に未樹登のせいじゃないよ。大丈夫」

その後、未樹登の家でゲームをして遊んだのだが、空気がどこか硬いような気がした。

それまでの真鈴との距離は、未樹登にとって心地よいものだった。

だけど、自分と一緒にいることで、真鈴が苦しい思いをするのなら、いっそ離れた方がいい。

実際に付き合っているわけではない。そもそも、小学六年生の未樹登には、付き合うというのがどういうことなのかもわからない。それを真鈴のクラスメイトに伝えようとしても、きっと無駄だ。陰口はヒートアップするかもしれない。

最初は、真鈴に近づかないようにしようと考えた。だけどそれだと、真鈴に怪しまれてしまう。

嫌われたのかもしれないと、彼女に思われるのも嫌だ。

だから未樹登は、徐々に距離を開けていくことにした。

真鈴に話しかけられても、あえて素っ気ない態度をとるようになった。

最初は真鈴も、未樹登の様子がおかしいことを気にしていたようだったが、次第に慣れていった。そうして、二人が話す頻度は着実に減っていく。

喧嘩《けんか》をしたわけでもなく、関係が険悪になったわけでもなく、仲の良かった異性の友人と、自然に話さなくなっていくみたいに、二人は離れていった。

そうして、いつも一緒にいた幼馴染は、ただの同級生になった。

「ついに離婚かー？」などとからかわれることもあったけれど、時間が経つにつれ、そういう声も減っていった。

中学生になる頃には、二人の仲をからかう人間はいなくなった。

会えば普通に会話をする。だけど昔のように、学校から一緒に帰ったり、家で一緒にゲームをしたりすることはなくなった。

二人の間に、透明な壁ができてしまったようだった。

真鈴と気軽に話せなくなった日々に、胸はたしかに痛んだけれど、これでよかったのだと言い聞かせる。

真鈴が傷つく出来事が、ひとつでも減ってくれればそれでいい。

そうすることでしか真鈴を守れない自分が情けなかった。だけど、当時はそれが未樹登の精いっぱいだった。

そうして真鈴との距離が遠くなっても、彼女は未樹登にとって特別な存在であり続けた。

遠くから、真鈴を見ていた。
真鈴は、どんな困難にも立ち向かうヒーローだった。
常に恐れずに、挑戦し続けていた。
危なっかしい場面もたくさんあった。
だけどそれ以上に、真鈴は眩しかった。
それなのに――いつからか真鈴は変わってしまった。
いつの間にか、彼女は慎重で几帳面《きちょうめん》で、しっかり者の女の子になっていた。
丁寧に言葉を選びながら話す真鈴は、何かを怖がっているように見えた。
何かきっかけがあったのかもしれない。
もちろん、真鈴への気持ちが変わったわけではないけれど。
少し寂しかったのも事実だ。

◇

「まあ、こっちはあの美味しいグミをもらってる以上、言われた通りにリセットするだけなんだけどね」
「あんな安いものが好きなんて、本当に変わった神様だよな」
「私は人間が勝手につけた物の価値に左右されないの」

そんななんでもない会話で、ほんの少しだけ心が楽になる。

「じゃあ、リセットするわよ」

「ああ。頼む」

目の前が暗くなる。六回目だが、この感覚にはまだ慣れない。

最初のリセットのとき、末樹登は華葉に尋ねた。

『リセットした世界の人たちはどうなる？』

『さぁ。私にもわからないわ』

もしかすると、リセットしたあとにも、その世界は続いていくかもしれない。だったら、真鈴との恋は終わらせた方がいい。

せめてこの世界にいる真鈴は、俺のことなんて早く忘れてしまいますように。

そう、祈りながら。

意識は過去へとさかのぼる。


部室棟の裏にあるスペース。角を曲がると、真鈴の姿が見えた。

リセットの直後は、いつもこのシーンだ。

真鈴から呼び出され、告白をされる日。

最初は嬉しい気持ちで満たされていたのに、リセットを繰り返すうちに、申し訳なさが重なっていった。

つらそうな顔をさせてごめん。次は絶対に、上手くやるから。

毎回そう誓っているはずなのに、結局、ダメだった。

これから、とても残酷な言葉を真鈴に伝えることになる。

呼吸を整えてから、未樹登は彼女にゆっくりと近づいていく。

「あれ。早いね」

「どうせ真鈴は早く来てるだろうと思って」

目の前に、大好きな人が立っている。

期待に満ちた眼差《まなざ》しを、こちらに向けたり向けなかったりしながら、呼吸を整えて。

彼女の顔が見られなくて、視線を下に移動させる。

「で、話って？」

未樹登が尋ねると、真鈴は頬を赤らめながら話し出した。

「今日は、未樹登に伝えたいことがあるの」

真剣な表情で、気持ちを紡いでいく。

「私、ずっと、小さいときから未樹登のこと、好きだった。今までは、近くにいられたらそれだけでよかったけど、離ればなれになるって実感してから、このままじゃ嫌だって思った。卒業して、離れても、未樹登の一番近くにいたい。未樹登と、特別な関係になりたい」

言葉の選び方も並び方も、綺麗《きれい》に整っていて。

本当の気持ちに、リボンを何重にも巻いたような台詞だった。

だからこそ、彼女の本当の心が見えづらい。

「好きです。私と、付き合ってください」

今日までの一ヶ月で、それまでの分を埋めるみたいに、未樹登と真鈴はたくさんの時間を一緒に過ごした。夢みたいな日々だった。

リセットを繰り返していた未樹登にとって、体感的には半年前の出来事になるけれど。

真鈴からの好意を感じていたし、未樹登も彼女に好意を寄せていた。

真鈴から告白されなかったとしても、いずれはこちらから告白するつもりだった。

二人は、紛れもなく両想いだった。

真鈴はきっと、告白を受け入れてもらえると思っている。

未樹登も、真鈴の告白を受け入れる気でいた。

実際に、これまでに六回、真鈴と恋人同士になった。

だけど――。

「ごめん。真鈴とは、友達のままでいたい」

――何度繰り返しても、俺たちは上手くいかないんだ。

千切れそうになる心を必死でつなぎ止めながら、未樹登は下を向いた。

幕間

—— maku-ai ——


「九十二回目もダメみたいだな」

小影が呟《つぶや》く。

その隣には華葉がいて、真鈴の告白が失敗した瞬間を観測していた。

「あの子たち、どうして上手《うま》くいかないのかしらね」

真鈴の六周目の告白を、未樹登が七周目で断ったところだった。

「そんなことは知らぬ」

「だって、お互い好き同士なのに一緒にいられないのはおかしいと思わない？」

「人間は面倒な生き物だからな」

「何わかったようなこと言ってんのよ。それより、あんたも真鈴ちゃんと接触してたって知ったときはびっくりしたわ」

「こっちの台詞《せりふ》だ」

小影は真鈴に、華葉は未樹登に、それぞれ一ヶ月分の時間をやり直す力を与えていた。

「そのせいで、話がややこしくなっちゃったみたいね。あんた、回数は数えてるみたいだけど、二人がどういう仕組みでループしてるかわかってるの？」

「バカにするな。それくらい理解できておるわ！」

とは言ったものの、小影は何がどうなっているのか、よくわかっていなかった。かろうじて、真鈴の告白の回数を数えていたくらいだ。

「一応説明してあげるわ。一周目の真鈴ちゃんが告白をして、一周目の未樹登がＯＫする。付き合ってみたけど上手くいかなくて、未樹登はリセットして、真鈴ちゃんから告白される直前に戻ってくる」

「ほう」

「で、二周目から六周目までの未樹登は一周目と同じようにＯＫの返事をするんだけど、やっぱり上手くいかなくて、リセットを繰り返していって、七周目になったら断る。で、真鈴ちゃんは告白が失敗したあとにリセットをして一ヶ月前に戻るってわけ」

「ふむ」

真鈴は告白前の一ヶ月を、未樹登は交際からの一ヶ月を何度も繰り返している。

「つまり、真鈴ちゃんの一回分の告白を、実は未樹登は六回受け入れて、七回目で断ってることになるのよ。もちろん、真鈴ちゃんの記憶には、七回目の振られた分しか残らないから、彼女にとっては、ずっと失恋してるってことになるけど」

「……なるほど」

「やっぱりわかってなかったんじゃない」

そう言って、華葉は石像に戻っていった。


人間は変わっていく生き物だ。

小影は長年、神社に訪れる人間を観察していた。

漫画家になりたいと言っていた中学生は、会社員になって、上司の異動を願っていた。

魔法が使えるようになりたかった小さな女の子は、大学生になって、単位を落とさないように祈りを捧《ささ》げていた。

夢みたいな願いは、現実的なものに。

叶《かな》わない祈りは、叶いそうなものに。

だいたいの人間には、どこかのタイミングで、そういう変化があった。

そんな中で、ずっと願い事が変わらない少女がいた。

その少女は塚本真鈴という名前で、今は高校三年生だ。

ほとんどの人間の子どもは自分の夢を願うのに、少女の願いは小さな頃からずっと、他人に関するものだった。

塚本真鈴は、ある一人の男のことを願っていた。

少女にそんなに強く想われているのは、どんな人間なのだろう。

興味が湧いてきて、その穂高未樹登という少年を調べてみることにした。

神にとっては、そのくらいのことは朝飯前だった。

一見して、ごく普通の人間だった。たしかに容姿は整っているし、心優しい性格をしているが、それ以上に特別なものはなかった。

人間というのは、つくづく不思議なものだと小影は思った。

塚本真鈴と穂高未樹登は、いわゆる幼馴染《おさななじみ》という関係で、小さい頃から常に一緒にいたらしい。

「私、みきとくんが好き！」「大きくなったらみきとくんのお嫁さんになる！」

お互いのことを大切に想い続けているようで、特に真鈴の方は、彼に何度も気持ちを伝えていた。

人間の言葉では、それを告白というらしい。

過去にさかのぼって数えてみたところ、真鈴からの告白はちょうど五十回あった。

しかし、小学三年生のときを最後に、そういったことを口にしなくなっている。

人間は成長するにつれて『好き』という言葉に、色々な意味を見出《みいだ》し始めるらしい。これも人間を観察していて気づいたことのひとつだ。

塚本真鈴も、穂高未樹登に対して『好き』と伝えなくなった。しかし心の中では想い続けていることを、小影は知っている。

初詣《はつもうで》で神社を訪れるたびに、塚本真鈴は祈りを捧げた。

彼女は部活動や受験など、様々なことを願う。

だけど、最後の祈りはいつも同じだった。

——それと……これからも、未樹登と一緒に健康で生きていられますように。

塚本真鈴の純粋な心に、小影は興味があった。


ある日、高校三年生になった塚本真鈴は、穂高未樹登に想いを告げ、付き合うことになった。

が、幼馴染であるはずの二人の仲はどんどんぎこちなくなっていき——一ヶ月後には再び告白のシーンが繰り返されていた。

どうやら、華葉が穂高未樹登の時間を巻き戻しているらしい。

穂高未樹登は一ヶ月を繰り返しながら、塚本真鈴の恋人としてふさわしくなろうと奮闘していた。しかし、お互いに空回りするばかりで、なかなか上手くいかない。

そして、穂高未樹登は初めて告白を断る。

五十七回目の告白だった。

ショックを受けた塚本真鈴は、神社で泣いていた。

『……あ〜あ。告白にやり直しがあればいいのになぁ』

そんなことを言うものだから、小影はつい話しかけてしまった。

『あるぞ』

神が人間に接触するのは、あまりよくないとされているのだけれど。

純粋な少女が涙を流しているのには、どうしても耐えられなかった。

第7章　君に100回目の告白を

◆

最後のリセットが行われ、目の前が黒く染まる。

暗闇の中で、私は決意を固めた。

未樹登のことを諦《あきら》めるしかないのだと。

六周目でも、告白は失敗した。

数十分前の出来事を思い返す。

「ごめん。真鈴とは、友達のままでいたい」

「そ……っか。うん。わかった」

自信はあった。

未樹登だって、私を好きでいてくれている。

そうでなければ、説明がつかないことがたくさんある。

四周目の告白のときも、五周目の告白のときも、未樹登は私のことを好きだと言ってくれた。

だから、好かれているというのは自意識過剰なんかじゃない。

でも――。

好きだから。大切にしたいから。

未樹登はそう言って、私の恋人になることを拒んだ。

きっと今回も同じだ。

私は未樹登に、ちゃんと好きになってもらえていた。

それなのに、恋人にはなれない。

だったら、これ以上どうすればいいのだろう。

何が間違っていたのだろう。

私が未樹登を好きになったことが、そもそも間違いだったのかもしれない。

きっと、時間を戻して告白をやり直すなどというズルをしたから、バチが当たったのだ。

どうあがいても、私と未樹登が恋人同士になる世界なんて存在しない。

その事実を真っ直ぐに突きつけられた気がして、胸が苦しくなる。

「真鈴……ごめん」

私が茫然《ぼうぜん》自失していると、聞こえるか聞こえないかくらいの声で未樹登が言った。

その申し訳なさそうな表情に、お腹の辺りから理不尽な怒りが湧いてきた。

謝るなら、どうして私と付き合えないなんて言うの。
昔からずっと好きだったって言ってくれたのは、どういう意味だったの。
私の〝好き〟と、未樹登の〝好き〟は、何が違うの。
「ううん。私の方こそ、ごめんね」
このまま彼と向き合っていたら、何かが爆発してしまいそうな気がして。
私は背を向けた。
それに――これ以上未樹登の前にいても、彼を困らせてしまうだけだ。
「……真鈴、待って」
後ろから未樹登の声が聞こえた。
私は振り返らなかった。
どうせ、すぐにリセットするのだ。
今のやり取りも、告白も、その前の未樹登との日々も、全部なかったことになる。
だから、失恋した事実は消える。
でも。
時間は戻せても、感情まではリセットできない。
度重なる失恋に、心が潰《つぶ》れていくような気がした。
「っ……」
涙が勝手にあふれてくる。

次こそは。

告白が失敗するたびにそう思っていたはずなのに……。

今はもう、何をしても上手《うま》くいかないという無力感だけが、胸の内を灰色に染めていた。


「また、ダメだったよ」

神社を訪れて、小影に報告した。

「かなり参っているようだな」

きっと、酷《ひど》い顔をしているのだろう。

「ごめんね。全然上手くいかなくて」

私のために力を使ってくれている小影にも申し訳ない。

「謝らなくてよい」

同情しているのか、どこか神妙な顔つきに見える。

「ありがと。リセット、お願い」

次で七周目。つまり、これ以上はやり直せない。次に戻った世界で、私は生きていかないといけないのだ。

「ああ。これが最後のチャンスだ。成功を祈っているぞ」

「ううん。違うよ」

小影の、珍しく優しい声かけに、私は首を横に振る。

「……どういうことだ？」

「次に失敗したら、もう戻れないんだよね」

最初の説明のとき、リセットは六回までだと小影は言っていた。

「まあ、そうだな」

「じゃあ、次のやり直しでは、私は未樹登に告白しない」

少し前から考えていたことだった。

もしも告白がすべて失敗してしまったら——。

そんな弱気でどうするんだとも思ったけれど、やっぱり、最悪の場合を考えてしまう癖はなかなか抜けない。

どうしようもなく臆病《おくびょう》な私は、ひとつの結論を導き出した。

告白よりも前に戻れるということは、告白をするかどうかも選べるということで。

最後の一回は、このまま、ただの幼馴染《おさななじみ》同士でいることもできる。

きっと、その方がいい。

告白をして、失恋をして、元の関係に戻れなくなるくらいなら、好きな気持ちを押し込めて、今のままでいる方が百倍マシだ。

「本当に、それでいいのか？」

小影が言う。

「うん。いいの」

「なら、どうしてそんなに悲しそうなんだ」

うつむいた私の顔を覗《のぞ》き込むようにして、小影が尋ねる。

「それは、真鈴どのの本心なのか？　未樹登どのは、遠くに行ってしまうのだろう？」

今まではあまり口出しをしてこなかった小影だったが、今日は言葉に熱がある。

「わかってるよ！　でも、絶対にそっちの方がいいんだ。私にとっても、未樹登にとっても」

つい口調が強くなってしまう。八つ当たりみたいになってしまって、自己嫌悪に陥る。本当に情けない。

「…………」

小影は何かを考えるように沈黙する。

「だから、お願い。時間を戻して」

「しかし――」

小影は、まだ何か言いたそうだったけれど。

「お願い」

何を言われても、意志を曲げるつもりはない。二度と、私と未樹登の間に、恋とか愛とか、そういうものが入り込まない世界で、私は生きていく。

正直、リセットをした後の世界での自分の気持ちなんてわからない。案外、平穏な気持ちでいられるかもしれないし、卒業して未樹登と離ればなれになってから、激しく後悔するかもしれない。

だけど、少なくとも今の私は、未樹登とはただの幼馴染でいようと思っていた。

「……ああ、わかった」

何かを飲み込んだように、小影は顔を上げる。

狐の表情なんて理解できるはずもないのだけれど、小影は私の選択を、残念がっているように見えた。

「これで、いいんだよね」

視界が暗くなる直前に、自分に言い聞かせるように呟《つぶや》いた。

私と未樹登の間に、恋愛感情なんて最初からなかった。

そういう世界を、次は作り上げるから。

恋人にはなれなくても、せめて、ただの幼馴染でいられますように……。

◆

「本日はどうなさいますか?」

七周目の美容院。聞き慣れた恵実さんの声で、やり直しのできない私の日々がスタートした。

どうせ未樹登に告白しないのなら、別に髪を切る必要はない。お金だって節約できる。

でも、すでに座ってしまっているし、予約だってしているのだ。

今キャンセルしたとしても、恵実さんなら「そういうこともありますよね～」なんて言ってくれそうだけど、やっぱり申し訳なさが勝つ。

どうせなら恵実さんに提案してもらった髪型にしてもらおう。失恋記念みたいなものだ。

「では、切っていきますね」

「お願いします」

恵実さんにお世話になるのもこれが最後だと考えると、ちょっと寂《さみ》しいかも……。いや。大学生になって、アルバイトを始めたら通ってもいいかもしれない。

「お客様は今、高校生ですか？」

恵実さんが優しく話しかけてくる。

「はい」

高校三年生であることや、受験がすでに終わっていること、将来がちょっとだけ不安なことを話した。

恵実さんはやっぱり聞き上手で、するすると言葉が出てくる。

「だいぶ短くされるみたいですが、イメチェンですか？」

カットを始めてから五分くらいが経った頃、恵実さんがそう尋ねた。

「えっと――」

未樹登に、少しでも可愛いと思ってほしかったから。

髪を切ることに決めた元々の理由はそれだったけれど、今は違う。

「私、好きだった人がいるんです」

気づくと、私はそんな言葉を発していた。誰かに聞いてほしかったのかもしれない。

「好きだった人……ですか?」

本当は今でも好きだけど、わざと過去形にする。そのうち、本当に過去のことだと思えてくるかもしれないから。

「はい。でも、上手くいきませんでした。だから、今日は髪型でも変えて、綺麗《きれい》さっぱり忘れたいなーって」

重くならないように、意識して軽い口調で話した。

だけど恵実さんは――。

「それは、たぶん無理ですよ」

言葉では私を否定しているように聞こえるけれど、とても優しくて、穏やかに諭すような声だった。

「え?」

「そんな簡単に忘れられるものじゃないんです。本当に恋をしているのだとすれば」

鏡越しの恵実さんは、見惚《みと》れるほど儚《はかな》げな表情をしていて、今にも壊れてしまいそうだった。

「それは、お姉さんの経験からですか?」

五周目で本人からその話を聞いていたから知っていたし、そうじゃなかったとしても、話の流れでなんとなく察することはできただろう。私の質問は、さほど不自然ではないはずだ。

「はい。私、今でも覚えてるんです。五年以上前に、好きだった人のこと。その人のことだけじゃなくて、自分が恋をしていたときの感情とか、そういうのが、ふと、よみがえってくることがあるんです。この前なんて、古本屋に行ったとき、その人が好きだった本を見つけて、泣きそうになっちゃいましたもん。未練があるってわけじゃないんですけどね。もう、何年も連絡してないですし」

「そういうものなんですか？」

「そういうものです」

恵実さんの個人的な体験だ。根拠は何ひとつないはずなのに、不思議と説得力があった。

「あっ、すみません。偉そうに自分語りみたいなことをしてしまって……。少なくとも、私の場合は、って話です。誰にでも当てはまるわけではないので、参考程度にしていただければと思います！」

恵実さんは、焦りと恥ずかしさが混じったような表情を浮かべて言った。

「いえ。お話ししてくださって、ありがとうございます」

彼女の言う通り、人によるのかもしれない。きっぱり忘れられる人もいるだろう。

だけど、私は恵実さんと同じで、忘れられないタイプのような気がする。

未樹登のことが、五年前から好きだったのだ。もしかすると、もっと前から。

そう考えるとたしかに、数年は引きずりそうだ。

それに、簡単に諦められるなら、こんなに悩んでいない。

だからといって、どうすればいいのかはわからなかった。

未樹登との関係性を壊したくない。

だから、もう後がない七周目では、告白はしないと決めた。

後悔するかもしれないけれど、告白に失敗して気まずくなるよりはマシだと思っていた。

でも、恵実さんの言葉を聞いて、私の心はほんのちょっとだけ揺れている。

どうしてこんなに、私は弱いのだろう。

◆

リセットから一週間が経った。

積極的に未樹登に近づくことはしなくなった。

これまでが嘘のように、穏やかな日々だった。

放課後に、葵衣や他の友達とファミレスに寄って話したり、近所の図書館で勉強したり、一日中ゴロゴロしたり——。

進路の決まった女子高校生としては、少し地味な日常を送っていた。

それでもふと、未樹登のことを考えてしまう瞬間がある。

『そんな簡単に忘れられるものじゃないんです。本当に恋をしているのだとすれば』

恵実さんの言葉は、たぶん的を射ている。

気持ちを伝えられないまま、ただの幼馴染として過ごす場合と、告白を断られて気まずい関係のまま離れる場合。

どちらが苦しいかなんて、経験してみないとわからない。

おそらく、どんな未来を選んだとしても、きっと私は後悔するのだろう。

あのとき、ああしていればよかった……って。


完全に避けても怪しまれるだけなので、未樹登と話す機会もあった。

近所に住んでいるということは、最寄り駅も同じということだ。

「真鈴」

改札を抜けたときに名前を呼ばれた。どうやら、同じ電車に乗っていたらしい。

「ん？　ああ、未樹登か」

本当は声だけでわかっていたのだけれど、あえて振り返ったときに気づいたという体《てい》で返事をした。ちょっとわざとらしかったかもしれない。

「今帰り？」

未樹登は自然に隣に並んで歩き始める。

「うん」

ちょっと忙しいから、などと理由をつけて避けることもできたけれど、そうしなかったのは、やはり未樹登に未練があるからなのだろうか。

「遅いね。なんかしてたの？」

「図書室で勉強してたからね。未樹登は？」

どこで何をしていたかは知っているけれど、あえて聞いておく。

「教室で大学の課題やってた」

「ふ〜ん。大変そう」

「そうでもないよ。高校の復習みたいなものだし。簡単ではないけどね」

ログの積分が難しいんだっけ。あと、プログラミングの勉強も不安だって言ってたよね。

「真鈴の方は、課題とかないの？」

「特にないよ」

「マジか。うらやましい。でもどうせ真鈴のことだから、ちゃんと勉強してるんでしょ」

「まあね」

私をちゃんと理解してくれている未樹登の言葉が嬉《うれ》しい。同時に、苦しくなるからやめてほしいとも思う。

家までの十分間を、未樹登と並んで歩いた。

「あと、エコフレの新曲ってもう聴いた？」

とっくに聴いた。だって、一周目で未樹登が教えてくれたから。そういえばエコフレ、もうすぐドラマの主題歌を担当するって公式発表があるよ。良かったね。いつか、一緒にライブに行きたいって話もしたよね。

「大学のサークルとか、どうするか決まってる？」

その話も四回くらいはした。未樹登は運動系のサークルには入っておきたいって言ってたよね。未樹登の記憶にはないけれど、二周目のときに公園で一緒に体を動かしたんだよ。体力の衰えを感じたから、私も運動系のサークルに入るかもしれない。

なんでもない話ばかりだったけれど、今までの未樹登との記憶がいちいちよみがえってきて、泣きそうなくらいに切なくなる。

「真鈴、どうかした？」

未樹登が私の方を見て首をかしげている。

「あ、ごめん。ちょっとボーッとしてただけ」

「そ。ならいいけど」

思い返せば、未樹登はいつも私の小さな表情の変化に気づいてくれる。

そのことが、とても嬉しくて、同時にとても切なかった。


自室でため息をつく。普段通りに話そうと思ったのに、あまり上手くできなかった。

一緒に過ごした日々が、どうしても愛《いと》おしく思えてしまう。

彼に告白するために過ごした六ヶ月は、たしかに尊いものだったのだと、改めて確認できた。

「楽しかったなぁ」

放課後の教室で勉強しているときの、真剣な横顔。

好きなことについて話すときの、いつもより少し弾んだ声。

口元が微《かす》かに緩んだ、控えめな笑顔。

色々な未樹登を思い出して。

どうしようもなく、心が苦しくなる。

未樹登のことは、まだ好きだという自覚があった。

だけど人の気持ちは、きっと変わっていくものだから。

距離を置けば、失恋の痛みも和らいでいくだろう。

そのまま私たちは高校を卒業して。

たまにお互いの現状を親経由で聞いたりして。

そうやって、ただの幼馴染になる。

簡単には忘れられない恋かもしれない。

恵実さんが言っていたこともきっと事実だ。

でも――。

時間をかければ、ちょっと長めの初恋として、そんなときもあったな……なんて、素敵な思い出にできるようになるはずだ。

すべてを忘れることができなかったとしても。

この初恋はきっと、綺麗に色褪《いろあ》せてくれる。

「……未樹登」

頭ではわかっていても、心はまだ、彼を想っていて。

未樹登とはただの幼馴染になると決めたはずなのに……。

「やっぱり、好きだなぁ……」

ちょっと話しただけでそんな言葉が口をついて出てしまう程度には、私の心は乱されていた。

気持ちは打ち明けない。

だから――もう少しだけ、好きでいさせてほしい。

こぼれる涙は、切実な祈りだった。

情けないかもしれないけれど、やっぱり私は、未樹登への恋心を断ち切ることなどできないみたいだ。

でも、告白を決意する前に戻っただけだとも考えられる。

未樹登のことは好きだけど、気持ちは伝えない。

今までだって、ずっとそうしてきた。

だからプラスマイナスゼロ。何も変わらない。

そう考えれば、幾分か気持ちは楽になる。

しかし、自分の中で折り合いがついたかといえば、決してそんなことはなく。

そういうところに気づいてくれるのは、やっぱり葵衣だった。

「真鈴、悩み事でもあるの？」

「え？　どうして？」

「最近、ボーッとしてること多くない？　なんか考えてそうな、難しい顔しながら」

「そんなこと、ないと思うけどな」

葵衣には今回、未樹登への恋心を打ち明けていなかった。

「ほら、もうすぐ大学生になるから、新しい環境が不安だなぁって思うことはあるけど……」

「そ。ならいいけど……。なんかあったら相談乗るからね」

「うん。ありがとね」

今さら、受験勉強で忙しい葵衣に相談なんてできない。三周目の自分を棚に上げて、私は口を堅く結んだ。

それに、相談に乗ってもらったところで、私の意志は変わらない。

変わってはいけない。

そう考えている時点で、未樹登に告白しないという決意が揺らいでいるのだということに、私は必死で気づかないふりをする。

◆

リセットから一ヶ月後。私は卒業の日を迎えた。

本来であれば、未樹登への告白を決行している日だ。

未樹登との距離感を保つことに、私はなんとか成功していた。

今日で高校に来るのは最後だ。未樹登とは疎遠になる。

恋心に区切りがつくような気がしていた。

そんなのは気持ちの問題だと言われればそれまでだけど。

いつも通り、少し早めに登校して教室に向かおうとしたのだが、最後だと思うとなんだか寂しくて、点呼が始まる時間まで、適当に高校の敷地内を歩いてみることにする。

中庭のベンチに座って、桜のつぼみを眺めていた。

「終わっちゃうんだなぁ」

口から出てきた台詞《せりふ》は、高校生活のことなのか、それとも未樹登への恋のことなのか、自分でもわからなかった。

そろそろ戻ろうかと腰を上げて、校舎の角を曲がると――。

女子生徒と向かい合っている未樹登が視界に入った。

私は慌てて陰に隠れる。

「穂高くんのことが、ずっと好きでした。付き合ってほしいです！」

どうやら、告白されているらしい。とんでもない現場に居合わせてしまった。

相手は……真面目そうな女の子だ。どこかで見たことがある気がするけれど、名前が思い出せない。

「返事は、今じゃなくていいので。えっと……考えてみてください！」

女子生徒はそう言って勢いよく頭を下げると、未樹登の返事を聞かずに走り去っていった。

赤らんだ頬と、潤んだ瞳《ひとみ》が一瞬だけ見えた。勇気を振り絞ったんだろうな、なんて、他人事《ひとごと》みたいに思う。

見つからないうちに移動しようと思ったのだが。

「そこで何してんの？」

未樹登からは見えていたらしい。

「相変わらずおモテになっているようで何よりです」

私は仕方なく彼の前に出る。

「どうも」

まったく嬉しくなさそうに言って、未樹登はため息をつく。

「今のって……？」

気になったけれど、尋ねたら気になっていることがバレるかもしれない。いや、ここで聞かない方がむしろ意識しているみたいじゃないか。という思考を経て、私は疑問を口に出した。

「同じクラスだった竹下さん」

「ああ、そっか」

名前を聞いてピンときた。未樹登のことが好きだという噂があると、葵衣が教えてくれた。

「知ってたの？」

「女子の恋愛ごとに関するネットワークはすごいからね」

七周目の私はまだ誰からも聞いていないので、適当にごまかしておく。

この世界の未樹登とは、あまり接点のない状態だけど、そのくらいの軽口は叩《たた》ける。

「で、どうするの？　付き合うの？」

ここまで聞いたら、何を聞いても同じだろう。

私はできるだけ野次馬っぽく振る舞いつつ、尋ねてみる。

「断るよ」

未樹登は即答した。

「竹下さんのこと、嫌いなの？」

「別に、嫌いではない」

「じゃあ、付き合ってみたら？」

ここで未樹登に彼女ができれば、より強制的に恋を諦められるかもしれない。バカみたいなことを考えている自覚はある。

「そんな軽々しく言うなよ」

未樹登の声には、少し棘《とげ》があるような気がした。不機嫌、なのだろうか……。

「でも、お似合いだと思うよ。可愛いじゃん、竹下さん」

私は何を言っているんだろう。さすがに踏み込みすぎだ。そろそろ切り上げないと。それはわかっているのだけれど、言葉は止まらなかった。

「そろそろ、恋愛とかしてみたら？　今まで、告白とか全部断ってきたんでしょ？」

未樹登は一瞬、何を言おうか考えるそぶりを見せてから。

「じゃあ真鈴は、俺が竹下さんと付き合ったら、上手くいくと思う？」

どこか湿り気を帯びたような声で、彼は聞き返す。責めるような視線が痛い。

「それは——」

未樹登に彼女ができたところを想像してみる。

ぶっきらぼうな未樹登だけど、彼女のことをきっと大事にする。

最初は感情の起伏が少ない未樹登にちょっと不満だった竹下さんも、彼の優しさを理解できるようになっていって。

二人はきっと上手くいくと思うよ。だから、付き合ってみたらいいんじゃない。

そう答えようと思っていたはずなのに、私の口から出ていたのは、真逆の言葉だった。

「ダメ！」

結局、それが答えなのだと、私は思い知る。

未樹登への恋を諦めるなんて、最初からできなかったのだ。

「やっぱり断った方がいいよ！」

未樹登は呆気《あっけ》にとられた顔でこちらを見ている。そりゃそうだ。だって、さっきと百八十度違うことを言われているのだから。

「うん。やめた方がいい。未樹登が誰かと恋愛するなんて、絶対に無理」

言いながら、結構酷い言葉をぶつけているな、なんて思うけど、どうしても歯止めがきかない。

「そんな勢いよく否定しなくても……。ってか、真鈴が付き合ってみたら、とか言うから」

未樹登は困惑しつつも、先ほどの発言との矛盾を咎《とが》めるような口調で反論する。

「だって、よく考えたら、無理だなって思ったの。未樹登はちゃんと相手のこと大切にできるの？　ただ大切にするだけじゃないよ？　言葉とか、行動で示せる？　未樹登はただでさえわかりにくいんだから、大切だって思ってても、それが相手に伝わらないと意味ないんだよ。女の子は、そういうの大事にするんだからね。未樹登に恋愛は難しいと思うよ」

目を丸くしてこちらを見る未樹登に気づいて、私はやっと言葉を止める。

「あ、ごめん……。言いすぎた」

未樹登のことを悪く言っているみたいになってしまった。

「っふ。あははははは」

突然の笑い声にびっくりする。こんなに笑っている未樹登を見るのは久しぶりだった。

「なんでそんな必死なんだよ」

なんでって……。もしかしたら未樹登が他の女の子と付き合うことになっちゃうかもって考えたら、それは嫌だなって思って……。じゃあ、どうして嫌なんだろうって考えると、やっぱり、どうしようもなく、私は未樹登のことがまだ――。


「好き……だから」

口が勝手に動いていた。

「は？」

「未樹登のことが、好きなの。ずっと、好きだった！」

めちゃくちゃだ。今までみたいな、準備してきた言葉じゃない、ただ感情をぶつけるだけの告白だった。だけどその分、真っ直ぐな気持ちを伝えられている気がする。

「今までずっと一緒にいられたわけじゃないけど、それでも未樹登のこと、遠くから見てた。それで十分だって思ってたんだ」

未樹登への告白は何度やり直しても上手くいかないのだと決めつけ、ただの幼馴染として疎遠になる未来を受け入れた自分は、もうどこにもいなかった。

ただ思ったことを、そのまま言葉にしていく。

「だけど、未樹登と大学で別々になっちゃうって気づいて、寂しいって思った。未樹登の特別になりたいって思って、気持ちを伝えようと思ったんだけど、臆病だったから、上手くいかなかった」

本当は六回も告白して、全部失敗したんだけどね。

「だから、他の人と付き合ってほしくない。さっきはつい、付き合ってみたら、なんて言ったけど、全部、嘘。変なこと言ってごめんね」

未樹登は呆気にとられている。

「……真鈴」

やってしまった。何もかもが台無しだ。

気持ちを打ち明けるつもりなんてなかったし、未樹登とはただの幼馴染でいると誓ったのに、どうしてこうなってしまったのだろう。

未樹登だって、私のことを大切に思ってくれているのはもう知っている。

でも、だからこそ恋が叶《かな》わないことも、私はどうしようもないほどに、理解してしまっていた。

六周目までだったら、気持ちを伝えてから『付き合ってほしい』まで言っていたけれど、きっとまた、彼を困らせてしまうだけだから。

「それだけ。ごめん。忘れて」

そう言い残して、私は逃げる。忘れてくれないことは承知の上で。

「ちょ……待って、真鈴！」

後ろから未樹登が追いかけてくるけれど、私は逃げるように教室へと走った。

◆

卒業式はまったく集中できなかった。視線を感じたけれど、未樹登のものなのかはわからない。振り返って確認する勇気もない。

式が終わって、未樹登から逃げるように帰ろうとしたのだが、彼は昇降口で待ち伏せしていた。

「真鈴」

私は気づかないふりをして、早足でその場を後にする。

どうせ未樹登の答えはわかっている。

わざわざ聞く必要もない。

「真鈴、待って」

未樹登に腕をつかまれる。

「放して」

後ろを向いたまま言う。今振り向いたら、たぶん泣いてしまう。

何がなんでも話を聞いてやるもんか、なんて思いながら歩いていたのだが——。

「俺も、真鈴のことが好き」

そんな言葉がかけられて、思わず振り向いてしまった。

未樹登も恥ずかしそうに目を伏せていた。

「今、なんて……？」

こんなところで言われるとは思っていなくて、頭の中は混乱でいっぱいだ。

「だから、俺も真鈴のことが好きだって言ってる」

小声ではないから、周囲の人が何事かとこちらを見ている。だけど、そんなことを気にしている余裕はなく。

「あ、ありがと」

真剣な目つきに、思わず目を逸《そ》らす。

「ちょっと来て」

手をつかまれて引っ張られる。周囲からの視線が痛い。

ああ、夜のクラスの集まりで色々聞かれるんだろうなぁ……なんて、一周回って冷静になった頭で考えながら、私たちは学校を出て、人の少ない場所まで歩く。

「もう一回言うよ。俺も、真鈴のことが好き」

今までだって、未樹登にそう言われたことはあった。

だけど、彼の方からこうして口にしてくれるのは、格別に嬉しい。

しかし、そのあとに続く言葉も、私は知っている。

――だけど、ごめん。真鈴とは、友達のままでいたい。

どうせ、今回だって同じだ。

そう決めつけて、勝手に沈んでいた私の耳に届いたのは。

「だから、俺と付き合ってほしい」

「は？」

予想と百八十度異なる台詞に、私は驚いて声が裏返ってしまう。

「待って。なんの冗談？」

にらみつけるようにして、未樹登を問い詰める。

「冗談でこんなこと言わない」

ほんのりと顔を赤くした未樹登が、真っ直ぐに私の目を見ている。

「ちょっと待って」

頭の中が真っ白になる。

こんな展開は知らない。

今まではずっと、私が告白して、未樹登が断るという流れだった。

それなのに今回は、未樹登から付き合ってほしいと言われている。

「俺のこと、好きって言ったよね」

何も答えられないでいる私に、未樹登は容赦のない追撃をする。

「それは、たしかに言ったけど……」

「真鈴。こっち見て話して」

「無理」

すぐ近くに、未樹登の顔がある。今、未樹登の方を向いたら、気絶してしまうかもしれない。

「なんで?」

「なんでも」

心臓の音がバクバク鳴っている。

「じゃあ、一方的に話すね」

そう前置きして、未樹登は話し出した。

「小学生のときから、ずっと真鈴のことが好きだった」

そんなに前から……と、驚く気持ちと、好きという言葉に対する羞恥《しゅうち》で、何がなんだかわからなくなる。

「俺が弱かったせいで、距離が開いた時期もあった」

中学生の頃だろうか。弱かったっていうのは、どういうことだろう。

「でも、好きって気持ちはずっと変わらなかった。これからも、変わらない」

「なんでそんなこと言えるの？　私たち、まだ十八歳だよ」

「真鈴は俺にとっての、ヒーローだから」

未樹登は悩むことなく答えた。

「何それ。意味わかんない」

それなのに、なぜかその言葉には説得力があって。

「もう一回、言うね」

やっとのことで顔を上げると、未樹登が真っ直ぐに私の目を見ていた。

「俺と付き合ってほしい。絶対に幸せにするから」

ズルい。好きな人にそんなことを言われたら、うなずくしかないじゃないか。

「えっと……よろしくお願いします」

なんとか声を絞り出す。

「よかった」

未樹登が優しく笑う。

その笑顔が、なんだか懐かしくて。

胸の辺りが温かくなる。

「そうだ」

思い出したかのように、未樹登が言う。

「ん？」

「今まで、何度も悲しませてごめん」

その言葉に、心臓が嫌な跳ね方をする。

まるで、私が何度も告白をしていることを知っているような発言だったから。

「何が？」

ひとまずとぼけてみる。もし未樹登に知られているのだとすると、とても恥ずかしい。

「これが最後のチャンスになるけど、絶対に幸せな未来にする」

最後のチャンスって、七周目のことを言っているのだろうか。

やっぱり未樹登は、私がこの一ヶ月を何度もやり直していることを知っているのだろうか。

いや、そんなはずはない。

「俺も、ちゃんと真鈴と向き合うから」

「どういうこと？」

ひとまず知らないふりをしておく。

「別に、わかんなくていいよ。ただの決意表明」

「じゃあ、私の方も」

未樹登がループのことを知っているかどうかはわからないけれど。

向き合わなくてはいけないのは、私も同じだ。

「ん？」

未樹登に言われた言葉を思い出す。

『何言ってんの。真鈴は、真鈴でしょ』

『俺の前では、猫被《かぶ》らなくていいから』

『じゃあ、ありのままの真鈴でいていいよ、とか？』

未樹登はいつも、私の全部を受け入れてくれていた。

わかっていたはずなのに。

それなのに私はまた、失敗を恐れてしまっていた。

だから――。

「もう少し、わがままになってみる」

「何それ」

未樹登が小さく笑う。

そうして、未樹登とただの幼馴染として生きていくはずだった世界で、私は彼の恋人になった。

◆

とある日曜日。私は葵衣とファミレスに来ていた。

「合格おめでとう！」

ドリンクバーのジュースで乾杯する。

葵衣が試験の後期日程で大学に合格したので、そのお祝いだ。

「ありがと。真鈴のおかげだよ。真鈴が英語教えてくれて、本当に助かった」

葵衣が進学するのは、県内で最も難易度の高い大学で、うちの高校からは七年ぶりに合格者が出たらしい。

「それにしても、やっと自由になれて解放感がすごい！」

「本当にお疲れ様」

「ありがとー。せっかく合格できたんだから、大学生活を満喫しなくちゃね」

「だね。いっぱい遊びに行こう」

「行きたい！　って言いたいところだけど、真鈴には穂高がいるからなぁ……」

「気にしないで。葵衣とも遊びたいし」

「あー、ホント真鈴が天使！　好き！」

「大げさだって」

あと声が大きい。恥ずかしい。

「で、最近はどうなの？」

「え？」

「穂高と付き合って、もう二週間でしょ。どんな感じ？」

「どんな感じって聞かれても……」

何を答えればいいのか、よくわからない。

「じゃあ、最近一緒に出かけたのはいつ？」

「えっと、三日前かな。出かけたって言っても、カフェに行っただけだよ」

「いいじゃんいいじゃん。どういう話するの？」

「んー、好きなバンドの話とか、大学生になったらしたいこととか。あと、おすすめの漫画教えてもらったりした」

「は～、いいなぁ。じゃあ、もう手はつないだ？」

葵衣が興味津々に尋ねてくる。

「実は、あんまり恋人っぽいことできてないんだよね」

恥ずかしくてごまかしているわけではなく、事実だった。

「そうなの？」

「なんか、今までとあんまり変わらないなーっていうか……」

「それ、真鈴は大丈夫なの？」

以前の私だったら、きっと不安になっていたし、焦っていただろう。

でも――。

「うん。それはそれでいいのかもって思う。急に恋人らしくなんて無理だし。私のペースで頑張ろうと思う」

「…………」

葵衣が怪訝《けげん》な視線を私に向ける。

「どうしたの？」

「なんか、真鈴らしくないなって思って」

「どういうこと？」

「いや、良い意味だよ。真鈴なら、穂高に見合う自分にならなきゃ！ってファッションとかメイクとか頑張りそうだったからさ」

六周目までの自分だったら、そうなっていたかもしれない。というか、実際にそうなりかけていた。

だけど未樹登が、ありのままの私がいいと言ってくれたから。

「無理して飾ってる私より、ありのままの私を見てほしいし」

……って、今のはちょっと格好つけすぎたかもしれない。

「真鈴、最近なんか変わったよね」

葵衣が言う。

「そうかな」

少しドキッとした。三周目で、同じような台詞があったから。

あのときは、ただ臆病になってるだけって言われたっけ。まさにその通りだった。

だけど今は――。

「うん。なんか前よりも生き生きしてる気がする。すごく、前向きになった……みたいな？」

そう思ってもらえるのも、きっと未樹登のおかげだ。


帰りに神社に寄った。小影にお礼を言いたかったのだ。

もし、小影がいなかったら、私はただ失恋して終わりだった。

私が来ることをわかっていたかのように、小影は石段に座っていた。

「もう、大丈夫そうだな」

私の顔を見るなり、そう言った。

「何が？」

「今までとは違うようで安心した。未樹登どのもな」

「そりゃ、こうして未樹登と付き合えることになったんだから、今までと違うのは当たり前じゃん」

「九十九回……か。長かったな」

「だから、その回数は何？　私は七回しか告白してないんだけど」

以前にも同じようなやり取りをしたような気がする。

「真鈴どのにとってはそうかもしれぬな」

さっきから話がかみ合っていないのは、小影が神様という超越した存在だからだろうか。

「まあいいや。とにかく、ありがとね。小影」

私が未樹登と付き合えたのが、この、ちょっとポンコツな狐の神様のおかげであるのは間違いない。

「うむ。礼には及ばぬ」

「はい、これあげる」

ぶどう味のグミを差し出すと、小影は嬉しそうに食べた。

一ヶ月を七周分。

未樹登の恋人になるために費やした時間だ。ずいぶん長く感じる。

だけど、これからの未来の方がずっと長いから。

少しずつ、幸せを積み重ねていければいい。

そんなことを思いながら、私は神社を後にした。

◆

「どう？　東京は慣れた？」

土日に地元に帰って来ていた未樹登に尋ねる。

ファミレスで夜ご飯を食べた帰り道だった。

「引っ越して二週間しか経ってないから。まだ全然」

「ふぅん。あ、そうだ。これ、向こうで食べて」

買ってあった地元の銘菓を渡す。

「ん、ありがと。明日《あした》からのおやつにするわ」

「次に会うときは東京土産、期待してるから」

「いつものグミとかでいい？」

「却下。ちゃんとしたやつで」

「ダメか〜」

なんでもないやり取りが、たまらなく愛おしい。

「ねえ」

未樹登が足を止めて、真剣な声で言う。

「ん？」

私もその場に立ち止まる。

「真鈴は、俺と付き合ってて楽しい？」

未樹登にしては、どこか緊張したような声音だった。

まるで、重大な分岐点に立たされているような、何かに怯《おび》えるような様子で、彼はおそるおそるといったように私を見る。

「何それ。普通に楽しいよ」

私はありのままを答える。

どういう意図で、未樹登はそんな質問をしてきたのだろう。

「ならいいや」

どことなく満足そうにうなずくと、そのまま歩みを再開した。

「ちょっと、今の質問はなんだったの？」

「教えない」

私も彼も、大人に近づいてしまったから。

時には本音を隠したり、言葉を選んだりもする。

「楽しいけど、正直まだ、不安なこともあるよ」

きっと昔みたいに、純粋に全部を共有し合える仲には戻れないかもしれない。

それでもまた、素敵な関係性を築き上げていくことはできる。

たぶん私も、また取り繕ってしまうことがあると思う。

自分を良く見せたくて。嫌われたくなくて。悪く思われたくなくて。

人は嘘をついたり、飾ったり、見栄を張ったりする。

だけどいつかは、ありのままの自分で、未樹登との日々を過ごせますように。

「だけど——」

私はゆっくりと言葉を紡ぐ。

この気持ちが全部、伝わってくれればいい。

そう、強く祈りながら。


「私はやっぱり、未樹登のことが好き」


「……そ」

「あ、照れてる？」

「別に。ってか、真鈴だって顔赤いけど」

「夕陽のせいだし」

そういえば、小影は九十九回とか言っていた。もしそれが告白の回数のことなら、そして小影の言っていることが本当なら、これがちょうど百回目の告白ということになるな、なんてことを考える。

そのまま、何を言えばいいかお互いにわからなくなって、無言で歩いていると。

手の甲同士がコツンとぶつかって。

「…………」

未樹登が何かを確かめるように、私の右手に触れる。

指先と指先が絡まり合って——ゆっくりと握りしめてくる手を、私も握り返す。

不器用な恋かもしれない。
すごく遠回りをしたような気もする。
それでも——。
「俺も、真鈴が好き」
これからもきっと、お互いを大切に想っていられる。
そんな予感があった。

あとがき

初めまして。もしくは、いつもありがとうございます。蒼山皆水《あおやまみなみ》です。

今回の作品『初めての恋をした君に100回目の告白をおくる』は、幼馴染に振られてしまった女の子が、神様の力を借りて時間を巻き戻し、告白を成功させようと頑張るお話です。

本作の主人公である真鈴は、なかなかありのままの自分を表に出すことができません。どうしても、周りから期待されている姿であろうとしたり、誰かが思う理想像に近づこうとしたりと、他人からどう見えているかを考えすぎてしまう女の子です。

多かれ少なかれ、誰しもそういった一面があるのではないかと思います。もちろん私にもあります。

この物語自体が、大切な人の前でこそ、飾らない自分でいられたらいいのになぁ、という私の願望でもあるのかもしれません。あとがきを書きながらそんなことに気づきました。

というわけで、真鈴の恋を応援しながらこの作品を読んでもらえると、作者として非常に喜ばしく思います。

謝辞です。

いつもお世話になっている担当さま。

前作に引き続き、私ひとりでは絶対に書けなかったシーンや展開をたくさん引き出していただきました。特に、複雑な設定をわかりやすく読者に届けることができたのは、担当さまのおかげです。ありがとうございます。

表紙イラストを担当してくださったふすいさま。

鮮やかな桜の中ですれ違う二人の姿を描いていただきました。イラストとして素敵なのはもちろん、読み終えて本を閉じたときにも余韻を感じられるような表紙になっております。ありがとうございます。ファンです。

日ごろから仲良くしてくださっている創作仲間の皆さま。

作業通話の場で、ひとりだけゲームをしたりカフェオレを飲んだりしている私を許してくださって、本当にありがとうございます。

そして、この本を読んでくださったすべての方。

ありがとうございます。またどこかで、お会いできますように。

蒼山皆水

蒼山皆水（あおやま　みなみ）
埼玉県出身。「カクヨム×魔法のiらんどコンテスト」にて〈特別賞〉を受賞した「もう一度人生をやり直したとしても、私は君を好きになると思うよ。」を改稿・改題した『もう一度人生をやり直したとしても、また君を好きになる。』でデビュー。他の作品に『君との終わりは見えなくていい』『満月がこの恋を消したとしても』などがある。趣味は読書と音楽鑑賞で、好きな魚介類は鮭とエビ。地下に書斎を作って本に囲まれて暮らすという野望を抱いている。

本書は書き下ろしです。
この作品はフィクションです。
実在の人物・団体などとは一切関係がありません。

初《はじ》めての恋《こい》をした君《きみ》に100回目《かいめ》の告白《こくはく》をおくる

2025年１月30日　初版発行

著者／蒼山皆水《あおやまみなみ》

発行者／山下直久

発行／株式会社KADOKAWA
〒102-8177　東京都千代田区富士見2-13-3
電話　0570-002-301(ナビダイヤル)

印刷所／旭印刷株式会社

製本所／本間製本株式会社

本書の無断複製（コピー、スキャン、デジタル化等）並びに
無断複製物の譲渡および配信は、著作権法上での例外を除き禁じられています。
また、本書を代行業者等の第三者に依頼して複製する行為は、
たとえ個人や家庭内での利用であっても一切認められておりません。

●お問い合わせ
https://www.kadokawa.co.jp/（「お問い合わせ」へお進みください）
※内容によっては、お答えできない場合があります。
※サポートは日本国内のみとさせていただきます。
※Japanese text only

定価はカバーに表示してあります。

©Minami Aoyama 2025　Printed in Japan
ISBN 978-4-04-115246-1　C0093